치숙·레디메이드 인생 외

책임편집 맹문재

고려대 국문과 및 같은 대학원을 졸업했다. 시인이자 평론가이며 현재 안양대 국문과 교수이다. 시집 『책이 무거운 이유』 『사과를 내밀다』 외 다수와 시론집 『만인보의 시학』 『여성시의 대문자』 등이 있다.

한국 문학을 읽는다 02

치숙・레디메이드 인생 외

1판 1쇄 2013년 4월 25일
1판 2쇄 2016년 9월 30일

지은이・채만식
펴낸이・김화정
펴낸곳・푸른생각
교정・김소영

등록   제310-2004-00019호
주소   경기도 파주시 회동길 337-16 (서패동 470-16)
대표전화   031) 955-9111(2) ㅣ 팩시밀리   031) 955-9114
이메일   prun21c@hanmail.net
홈페이지   www.prun21c.com

ⓒ 푸른생각, 2013

ISBN 978-89-91918-23-8 04810
ISBN 978-89-91918-21-4 04810(세트)
값 11,900원

청소년의 꿈과 미래를 위한 양서를 만들도록 노력하겠습니다.
잘못된 책은 푸른생각이나 구입처에서 교환해 드립니다
e-CIP 홈페이지(http://www.nl.go.kr/cip.php)에서 이용하실 수 있습니다.
(CIP제어번호 : CIP2013003819)

02

한국 문학을 읽는다

치숙
레디메이드 인생 외

채만식

책임편집 맹문재

푸른생각
PRUNSAENGGAK

사람의 마음의 교만은 멸망의 선봉이요 겸손은 존귀의 길잡이니라.
— 성경 「잠언」 18:12

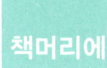

책머리에

채만식을 만나러 가는 길

　채만식은 1902년 전북 옥구에서 태어나 1950년 폐결핵으로 타계했다. 호는 백릉(白菱) 또는 채옹(采翁)이다. 중앙고등보통학교를 거쳐 일본 와세다대학 예과에서 수학했다. 1924년 『조선문단』에 단편소설 「세 길로」를 발표하면서 문단에 등단했다. 『동아일보』, 『조선일보』 기자 등을 지내다가 1936년부터 전업 작가가 되었다. 대표작으로 장편소설 『탁류(濁流)』(1937), 『태평천하』(1938, 원제목은 천하태평춘), 단편소설 「레디메이드 인생」(1934), 「치숙(痴叔)」(1938), 「논 이야기」(1946), 「미스터 방(方)」(1946), 「민족의 죄인」(1948) 등을 남겼다.

　채만식의 작품 세계는 풍자적 사실주의로 요약할 수 있다. 그와 같은 면은 그의 작품들에 등장하는 인물이나 문체에서 여실하게 드러난다. 채만식은 풍자적 기법을 통해 식민지 시대에 처한 농민들과 도시 하층민들의 궁핍한 삶을 그렸으며 지식인의 고뇌를 담았다. 일제의 식민지 속성을 통찰하면서 시대의 정의가 무엇인가를 지속적으로 고민한 것이다. 이와 같은 면에서 채만식의 풍자적 기법은 일제의 식민지 정책이 가져온 갖가지 모순들을 날카롭게 비판한 방법론이었고, 민족의 한 구성원으로서 일제의 부당한 탄압에 대응한 작가 정신이었으며, 그리고 일제의 검열을 피하는 그 나름대로의 전략이었다고 평가할 수 있다.

채만식은 일제의 식민지 정책 중에서 특히 교육 정책을 비판했다. 일제의 교육 정책이야말로 민족의 식민지화를 고착화시키는 것이라고 판단하고 그 모순을 파헤친 것이다. 『태평천하』나 「레디메이드 인생」 등에서 식민지 정책에 순응하는 인물들을 길러내는 일제의 교육을 통렬하게 풍자화한 것이 그 단적인 예이다. 채만식은 사회의 구조적 모순을 인식하고 그 극복을 제시할 수 있는 교육이야말로 일제의 식민지 지배에서 벗어날 수 있다고 판단하고, 그것을 방해하는 인물들을 풍자적으로 비판한 것이다.

또한 채만식은 일제의 식민지 지배 정책 중에서 민족의 자본이 정상적으로 이동되지 않는 면을 비판했다. 가령 『탁류』나 『태평천하』에서 고리대금업으로 재산을 축적한 인물들을 풍자하면서 민족의 자본이 일본인들과 친일 계급으로 흘러들어가는 면을 집요하게 파헤친 것이다.

한편 채만식은 일제 말기에 친일 활동을 한 오점을 역사에 남겼다. 해방 후 「민족의 죄인」에서 일제의 위협과 생계유지를 위해 어쩔 수 없이 친일 행위를 한 것을 토로하며 반성했지만, 근래에 몇몇 연구가들에 의해 채만식의 친일 행위에 대한 재고가 필요하다는 의견이 제시되고 있지만, 면죄부가 될 수는 없다. 채만식을 통해 작가가 작품을 쓴다는 것이 얼마나 어렵고도 중요한지를 새삼 깨닫는다.

이 책은 채만식의 작품들 중에서 대표작으로 평가받는 단편소설 「레디메이드 인생」, 「치숙」, 「논 이야기」, 「미스터 방」, 「민족의 죄인」을 수록했다.

「레디메이드 인생」은 일제의 식민지 지배와 세계 경제 공황의 시기에 조선 지식인들이 비참하게 살아가는 모습을 풍자적으로 그린 작품이다. 'P'는 동경 유학까지 다녀온 지식인이었지만 취직을 하지 못해 애태우고 있다. 이력서를 들고 여기저기 찾아다니지만 결국 일할 곳을 구하지 못해 좌절하고 만다. 일제가 고급 일자리를 차지하는 바람에 조선 지식인들이 일할 곳이 없는 식민지의 상황과 일제의 모순된 교육 정책을 날카롭게 비판한 것이다.

「치숙」은 일본인 상점의 점원으로 일하고 있는 '나'의 눈을 통해 사회주의 운동을 하는 인물(아저씨)을 풍자적으로 그린 작품이다. 아저씨는 대학에서 경제학을 공부했지만 착한 아주머니를 버리고 신교육을 받은 여자와 살림을 차리고 사회주의 운동을 하다가 감옥살이를 한다. 아주머니는 감옥에서 폐병 환자로 나온 남편을 정성껏 돌보지만, 아저씨는 또 사회주의 운동을 하겠다고 말한다. '나'는 그런 아저씨를 이해할 수 없어 쓸모없는 사람이라고 생각한다. 결국 작가는 일제의 식민지 정책으로 수탈이 심해지자 파산에 이른 농민과 노동자들을 대변하기 위해 등장한 사회주의 운동을 옹호하고 있는 것이다.

「논 이야기」는 일제 강점기부터 광복 직후의 농촌 문제를 날카롭게 그린 작품이다. 광복 소식을 들은 '한생원'은 어려운 생활을 감당할 수 없어 일본인에게 판 땅을 되찾을 수 있을 거라고 기대하지만, 이미 다른 사람에게 넘어갔음을 알고 좌절한다. 이와 같은 상황을 통해 작가는 일제의 식민지 지배로 인해 대부분의 조선 농민들이 소작농으로 전락한 사실을 고발하고 있다.

「미스터 방」은 일제 강점기를 거쳐 미군정기에 나타난 기회주의자들의 모습을 풍자적으로 그린 작품이다. '미스터 방'은 가난한 소작농으로 돈을 벌려고 중국과 일본에 다녀오기도 했지만 빈손으로 돌아와 가족을 데리고 상경해 신기료장수를 하면서 기회를 엿본다. 어느 날 담뱃대를 사려는 미국 장교가 한국말을 못하는 것을 보고 상해에서 배운 영어로 도와주는데, 그 일이 계기가 되어 S소위의 통역관이 된다. 사람들에게 천대받던 '방삼복'은 '미스터 방'이 되어 사람들의 뇌물을 받으며 청탁해주는 권력자가 된 것이다.

「민족의 죄인」은 채만식의 자서전적 성격을 띤 작품으로 자신의 친일 행위를 반성하고 있다. '나'는 문학청년들과 독서회를 만들었다는 혐의로 경찰서에 잡혀가 형량도 받지 않은 채 유치장에 갇히게 되는데, 문인협회에서 온 엽서 때문에 풀려난다. 그 후 '나'는 문인협회에서 진행하는 대일협력 강연이나 글을 쓰면서 생계를 유지하고 징용을 면하지만 죄책감 때문에 괴로워한다.

푸른생각에서 기획하여 발행하는 '한국 문학을 읽는다' 시리즈는 작품의 원문을 충실하게 실었다. 어려운 단어에는 낱말풀이를 세심하게 달아 작품의 이해를 돕고 본문의 중간 중간에 소제목을 붙여 이야기의 흐름을 놓치지 않도록 하였다. 또한 각 작품에 들어가기 전에 등장인물을 소개하고, 수록한 작품 뒤에는 줄거리를 정리한 〈이야기 따라잡기〉를 마련해 놓았다. 그리고 〈쉽게 읽고 이해하기〉를 마련해 작품의 세계를 좀 더 깊게 이해할 수 있도록 했다. 또한 책의 끝에 〈작가 알아보기〉를 마련해 작가의 생애를 독자들에게 소개하였다.

'한국 문학을 읽는다' 시리즈가 청소년뿐만 아니라 일반 독자들에게 소설을 제대로 읽고 이해하는 데 도움이 되길 기대한다. 소설을 읽음으로써 인간 세계를 보다 이해하고 삶의 진정성을 인식할 수 있다고 믿는다. 그리하여 타인과 깊이 있게 소통할 수 있으며 공동체 사회의 실현에 기여할 수 있다고 생각한다. 이 소설 선집의 감상으로 그와 같은 가치가 실현될 수 있기를 희망한다.

2013년 4월
책임편집 맹문재

한국 문학을 읽는다 치숙·레디메이드 인생 외

레디메이드 인생 • 11
■ 이야기 따라잡기 • 53　■ 쉽게 읽고 이해하기 • 55

치숙 • 59
■ 이야기 따라잡기 • 86　■ 쉽게 읽고 이해하기 • 88

논 이야기 • 91
■ 이야기 따라잡기 • 122　■ 쉽게 읽고 이해하기 • 124

미스터 방 • 127
■ 이야기 따라잡기 • 148　■ 쉽게 읽고 이해하기 • 150

민족의 죄인 • 153
■ 이야기 따라잡기 • 217　■ 쉽게 읽고 이해하기 • 219

■ 작가 알아보기 • 222

일러두기

1. 각각의 작품은 등장인물 소개 — 작품 게재 — 이야기 따라잡기 — 쉽게 읽고 이해하기의 순서로 되어 있습니다.
2. 작품의 원문을 되도록 충실하게 싣되, 독자의 이해를 돕기 위해 낱말풀이를 상세하게 달았고 중간중간에 소제목을 붙였습니다.
3. 〈등장인물〉에서는 작품에 등장하는 주요 등장인물을 소개하고 간단하게 설명하였습니다.
4. 〈이야기 따라잡기〉에서는 작품의 줄거리를 요약 정리하였습니다.
5. 〈쉽게 읽고 이해하기〉에서는 작품을 감상하는 데 필요한 핵심적인 요소를 짚어 주었습니다.
6. 마지막으로 〈작가 알아보기〉에서는 작가의 생애와 작품 활동, 작품 세계 등을 이해할 수 있습니다.

「레디메이드 인생」(『신동아』, 1934)은

경제공황 시기에

인텔리로 실직 상태에 있는

P의 이야기를 다룬 단편소설로

당시 지식인의 모습과 사회상을

풍자적으로 그리고 있다.

레디메이드 인생

인텔리가 아니었으면 차라리 노동자가 되었을 것인데
인텔리인지라 그 속에는 들어갔다가도
도로 나오는 것이 99퍼센트다.

등장인물

P   미취업 지식인. 동경 유학을 하고 잡지사 근무를 한 적이 있지만 취직을 하지 못해 전전긍긍한다. 빈곤층에 대한 안타까움을 가지고 있으나 경제적 능력이 없다. 어린 아들을 학교에 입학시키는 대신 인쇄소에 취직시킨다.

K사장   신흥 부르주아. P에게 취직보다는 농촌으로 돌아가 농촌 부흥에 힘쓸 것을 권한다.

M, H   P의 친구이자 지식인 실업자.

레디메이드 인생

1

P는 K사장을 찾아가 취업을 부탁한다

"뭐 어디 빈자리가 있어야지."

K사장은 안락의자에 폭신 파묻힌 몸을 뒤로 벌떡 젖히며 하품을 하듯이 시원찮게 대답을 한다. 미상불 그는 두 팔을 쭉 내뻗고 기지개라도 한번 펴고 싶은 것을 겨우 참는 눈치다.

이 K사장과 둥근 탁자를 사이에 두고 공손히 마주 앉아 얼굴에는 '나는 선배인 선생님을 극히 존경하고 앙모(우러러 그리워함)합니다' 하는 비굴한 미소를 띠고 있는 구변〔언변 ; 말재주〕 없는 구변을 다하여 직업 동냥의 구걸 문구를 기다랗게 늘어놓던 P…… P는 그러나 취직운동에 백전백패(百戰百敗)의 노졸(老卒)인지라 K씨의 힘 아니 드는 한마디의 거절에도 새삼스럽게 실망도 아니한다. 대답이 그렇게 나왔으니 인제 더 졸라도 별수가 없는 것이지만 헛일 삼아 한마디 더 해보는 것이다.

"글쎄올시다. 그러시다면 지금 당장 어떻게 해주십사고 무리하게 조

를 수야 있겠습니까마는…… 그러면 이담에 결원이 있다든지 하면 그때는 꼭…….'

이렇게 말하고 P는 지금까지 외면하였던 얼굴을 돌리어 K사장을 조심성 있게 바라보았다. 그러나 K사장은 위선 고개를 좌우로 두어 번 흔들고는 여전히 하품 섞인 대답을 한다.

"결원이 그렇게 나나 어디…… 그리고 간혹 가다가 결원이 난다더래도 유력한 후보자가 몇십 명씩 밀려 있어서……."

P는 아무 말도 아니하고 고개를 숙였다. 인제는 영영 틀어진 것이다. '안녕히 계십시오' 하고 일어서는 것밖에는 별수가 없다.

별수가 없이 되었으니 '네 그렇습니까' 하고 선선히 일어서야 할 것이지만 지금까지의 은근히 모시고 있던 태도에 비하여 그것이 너무 낯간지러운 표변(마음, 행동 따위가 갑작스럽게 달라짐)임을 알기 때문에 실망이나 하는 체하고 잠시 더 앉아 있는 것이다.

K사장은 P에게 농촌으로 돌아가라 한다

"거 참 큰일들 났어."

K사장은 P가 낙심해하는 것을 보고 밑천이 들지 아니하는 일이라서 알뜰히 걱정을 나누어준다.

"저렇게 좋은 청년들이 일거리가 없어서 저렇게들 애를 쓰니."

P는 속으로 코똥(콧방귀)을 '흥' 하고 뀌었으나 아무 대답도 아니하였다. K사장은 P가 이미 더 조르지 아니하리라고 안심한지라 먼저 하품 섞어 '빈자리가 있어야지' 하던 시원찮은 태도는 버리고 그가 늘 흉중에

묻어 두었다가 청년들에게 한바탕씩 해 들려주는 훈화를 꺼낸다.

"그렇지만 내가 늘 말하는 것인데…… 저렇게 취직만 하려고 애를 쓸 게 아니야. 도회지에서 월급생활을 하려고 할 것만이 아니라 농촌으로 돌아가서……."

"농촌으로 돌아가서 무얼 합니까?"

P는 말중동을 갈라 불쑥 반문하였다. 그는 기왕 취직운동은 글러진 것이니 속 시원하게 시비라도 해보고 싶은 것이다.

"허! 저게 다 모르는 소리야…… 조선은 농업국이요, 농민이 전 인구의 팔 할이나 되니까 조선 문제는 즉 농촌 문제라고 볼 수 있는데, 아지금 농촌에서 할 일이 오죽이나 많다구?"

"저는 그 말씀 잘 못 알아듣겠는데요. 저희 같은 사람이 농촌에 가서 할 일이 있을 것 같잖습니다."

"그럴 리가 있나! 가령 응…… 저……."

K사장은 응…… 저…… 하고 더듬으면서 끝내 대답을 하지 못한다. 그것은 무리가 아니다.

그가 구직하러 오는 지식 청년들에게 농촌으로 돌아가 농촌 사업을 하라는 것과(다음에 또 꺼내는 일거리를 만들라는 것은) 결코 현실에서 출발한 이론적 근거가 있는 것이 아니었다. 그저 지식 계급의 구직꾼이 넘치는 것을 보고 막연히 '농촌으로 돌아가라', '일을 만들어라'고 해왔을 따름이다. 따라서 거기에 대한 구체적 플랜이 있는 것도 아니었던 것이다. 한편으로는 한 행세거리로 또 한편으로는 구직꾼 격퇴의 수단으로 자룡이 헌 창 쓰듯 썼을 뿐이지…….

그리하여 그동안까지는 대개는 그 막연한 설교를 들은 성 만 성 하고 물러가는 것이 그들의 행투였는데 오늘 이 P에게만은 그렇지가 아니하여 불가불 구체적 설명을 해주어야 하게 말머리가 돌아선 것이다. 그래서 그는 떠듬떠듬 생각해 가면서 생각나는 대로 주워섬기는 것이다.

"가령 응…… 저…… 문맹퇴치운동도 있지. 농민의 구 할은 언문도 모른단 말이야! 그리고 생활개선운동도 좋고…… 헌신적으로."

"헌신적으로요?"

"그렇지…… 할 테면 헌신적으로 해야지."

"무얼 먹고 헌신적으로 그런 사업을 합니까? …… 먹을 것이 있어서 그런 농촌사업이라도 할 신세라면 이렇게 취직을 못해서 애를 쓰겠습니까?"

"허! 그게 안 된 생각이야…… 자기가 먹고 살 재산이 있으면서 사회를 위해서 일도 아니하고 번들번들 논다는 것은, 그것은 타락된 생각이야."

P는 K사장의 억단(근거 없이 판단함)을 내세우는 것을 보고 속으로 싱그레 웃었다.

"그렇지만 지금 조선 농촌에서는 문맹퇴치니 생활개선이니 합네 하고 손끝이 하얀 대학이나 전문학교 졸업생들이 모여오는 것을 그다지 반겨 하기는커녕 머릿살을 앓을 것입니다. 농민이 우매하다든지 문화가 뒤떨어졌다든지 또 생활이 비참한 것의 근본 원인이, 기역 니은을 모른다든가 생활개선을 할 줄 몰라서 그런 것이 아니니까요. 그리고 조선의 지식 청년들이 모두 그런 인도주의자가 되어집니까?"

"되면 되지 안 될 건 무어야?"

"그건 인도주의란 그것이 한개 공상이니까 그렇겠지요."

"허허…… 그러면 P군은 ××주의잔가?"

"되다가 찌부러진 찌스레깁니다. 철저한 ××주의자라면 이렇게 선생님한테 와서 취직운동도 아니합니다."

"못써! 그렇게 과격한 사상으로 기울어서야 쓰나…… 정 농촌으로 돌아가기가 싫거든 서울서라도 몇 사람 맘 맞는 사람이 모여서 무슨 일을—조선에 신문이 모자라니 신문을 하나 경영하든지, 또 조그맣게 하자면 잡지 같은 것도 좋고, 또 영리사업도 좋고…… 그러면 취직운동하는 것보담 훨씬 낫잖은가?"

"좋을 줄이야 압니다만 누가 돈을 내놓니까?"

"그거야 성의 있게 하면 자연 돈도 생기는 거지."

P는 엉터리없는 수작을 더 하기가 싫어 웬만큼 말을 끊고 일어섰다.

속에 있는 말을 어느 정도까지 활활 해준 것이 시원은 하나 또 취직이 글렀구나 생각하니 입 안에서 쓴 침이 고여 나온다.

복도에서 만난 편집국장 C는 P에게 취직을 단념하라 한다

복도에서 편집국장 C를 만났다. P는 C와 자별히 사이가 가까운 터이었다.

"사장 만나러 왔소?"

C는 묻는 것이다.

"아니"

P는 거짓말을 하였다. 그는 지금 K사장을 만나 거절당한 이야기를 하기가 어쩐지 창피하기도 할 뿐 아니라, 또 전부터 C더러 K사장에게

자기의 취직운동을 부탁해왔던 터인데, 직접 이렇게 찾아와서 만났다고 하기가 혐의쩍기도 하여 시치미를 뚝 뗀 것이다.

"아주 단념하오."

C는 자기에게 부탁한 취직운동을 단념하란 말이다. 그러면 벌써 C가 K사장에게 이야기를 하였고 그 결과 일이 틀어진 것을 P는 모르고 와서 헛노릇을 한바탕한 것이다. P는 먼저 C를 만나보지 아니하고 K사장을 만난 것을 후회했다. C는 잠깐 멈췄던 말을 계속한다.

"어제 아침에 사장더러 P군의 사정이 퍽 난처하니 어떻게 생각해 봐주면 좋겠다고 여러 말을 했다가 코 떼었소. 신문사가 구제기관이 아닌데 남의 사정이 난처한 것을 어떻게 하라느냐고 그럽디다…… 하기야 그게 옳은 말이지만……."

신문사가 구제기관이 아니라고 한다는 그 말이 P의 머리에는 침 끝으로 찌르는 것같이 정신이 들게 울리었다.

'흥! 망할 자식들!'

P는 혼잣말로 이렇게 투덜거리며 C와 작별도 아니하고 밖으로 나와 버렸다.

2

P는 기념비각 옆에서 처량한 자신의 처지를 생각한다

P는 광화문 네거리의 기념비각(紀念碑閣) 옆에서 발길을 멈추고 망설였다. 어디로 갈까 하는 것이다.

봄 하늘이 맑게 개었다. 햇볕이 살이 올라 포근히 온몸을 싸고 돈다.

덕석 같은 겨울 외투를 벗어버리고 말쑥말쑥하게 새로 지은 경쾌한 춘추복의 젊은이들이 봄볕처럼 명랑하게 오고 가고 한다.

멋쟁이로 차린 여자들의 목도리가 나비같이 보드랍게 나부낀다. 그 오동보동한 비단 다리를 바라다보노라니 P는 전에 먹던 치킨까스가 생각이 났다.

창을 활활 열어젖힌 전차 속의 봄 사람들을 보니 P도 전차를 잡아타고 교외나 나가고 싶었다. 그러나 크림 맛을 못 본 지 몇 달이 된 낡은 구두, 구기적거린 동복바지, 양편 포켓이 오뉴월 쇠불알같이 축 처진 양복저고리, 땟국 묻은 와이셔츠와 배배 꼬인 넥타이, 엿장수가 이 전어치 주마던 낡은 모자, 이렇게 아래로부터 훑어 올려보며 생각하니 교외의 산보는커녕 얼핏 돌아가서 차라리 이불을 뒤쓰고 드러눕고만 싶었다.

마침 기념비각 앞에 자동차 하나가 머물더니 서양사람 내외가 내린다. 그들은 사내가 설명을 하고 여자가 듣고 하면서 기념비각을 앞뒤로 구경한다. 여자는 사진까지 찍는다.

대원군이 만일 이 꼴을 본다면…… 이렇게 생각하매 P는 저절로 미소가 입가에 떠올랐다.

3

사회는 근대화되고, 방방곡곡에서는 권학을 부르짖는다

대원군은 한말(韓末)의 '돈키호테'였다. 그는 바가지를 쓰고 벼락을 막으려 하였다. 바가지는 여지없이 부스러졌다. 역사는 조선이라는 조그마한 땅덩이나마 너무 오래 뒤떨어뜨려놓지 아니하였다.

갑신정변(甲申政變)의 싹이 트기 시작하여가지고 한일합방의 급격한 역사적 변천을 거치어 자유주의의 사조는 기미년에 비로소 확실한 걸음을 내어디디었다.

자유주의의 새로운 깃발을 내어 걸은 '시민(市民)'의 기세는 등등하였다.

"양반? 흥! 누구는 발이 하나길래 너희만 양발(反)이라느냐?"

"법률의 앞에서는 만인이 평등이다."

"돈…… 돈이 있으면 무어든지 할 수 있다."

신흥 부르주아지는 민주주의의 간판을 이용하여 노동자 농민의 등을 어루만지고 경제적으로 유력한 봉건 귀족과 악수를 하는 동시에 지식 계급을 대량으로 주문하였다.

유자천금이 불여교자일권서(遺子千金不如敎子一券書, 자식에게 천금을 남기는 것은 한 권의 책을 가르치는 것보다 못함)라는 봉건시대의 진리가 자유주의의 세례를 받아 일단의 더 발전된 얼굴로 민중을 열광시켰다.

"배워라, 글을 배워라…… 지식만 있으면 누구나 양반이 되고 잘살 수가 있다."

이러한 정열의 외침이 방방곡곡에서 소스라쳐 일어났다.

신문과 잡지가 붓이 닳도록 향학열을 고취하고 피가 끓는 지사(志士)들이 향촌으로 돌아다니며 세 치의 혀를 놀리어 권학(勸學)을 부르짖었다.

"배워라! 배워야 한다. 상놈도 배우면 양반이 된다."

"가르쳐라! 논밭을 팔고 집을 팔아서라도 가르쳐라. 그나마도 못하면 고학이라도 해야 한다."

"공자 왈 맹자 왈은 이미 시대가 늦었다. 상투를 깎고 신학문을 배워라."

"야학을 설치하여라."

재등(齋藤, 사이토) 총독이 문화 정치의 간판을 내어걸고 골고루 학교를 증설하였다.

보통학교의 교장이 감발(감동하여 분발함)을 하고 촌으로 돌아다니며 입학을 권유하였다. 생도에게는 월사금을 받기는커녕 교과서와 학용품을 대어주었다.

민간의 유지는 돈을 거둬 학교를 세웠다. 민립대학도 생기려다가 말았다. 청년회에서 야학을 설시하였다. '갈돕회(1921년 창단된 경성 고학생 자치단체)'가 생겨 갈돕 만주 외우는 소리가 서울의 신풍경을 이루었고 일반은 고학생을 존경하였다.

여학생이라는 새 숙어가 생기고 신여성이라는 새 여인이 생기어났다.

이와 같이 조선의 관민이 일치되어 민중의 지식 정도를 높이는 데 진력을 하였다. 즉 그들 관민이 일치하여 계획한 조선의 문화 정도는 급속도로 높아갔다.

그리하여 민중의 지식 보급에 애쓴 보람은 나타났다.

면서기를 공급하고 순사를 공급하고 군청 고원을 공급하고 간이농업학교 출신의 농사개량 기수(技手)를 공급하였다.

은행원이 생기고 회사 사원이 생겼다. 학교 교원이 생기고 교회의 목사가 생겼다.

신문기자가 생기고 잡지기자가 생겼다. 민중의 지식 정도가 높았으니 신문 잡지 독자가 부쩍 늘고 의사와 변호사의 벌이가 윤택하여졌다.

소설가가 원고료를 얻어먹고 미술가가 그림을 팔아먹고 음악가가 광대의 천호(賤號, 천한 호칭)에서 벗어났다.

인쇄소와 책장사가 세월을 만나고 양복점, 구둣방이 늘비하여졌다.

연애결혼에 목사님의 부수입이 생기고 문화 주택을 짓느라고 청부업자가 부자가 되었다. 그리하여 부르주아지는 가보(노름용어. 아홉 끗)를 잡고 공부한 일부의 지식군은 진주(노름용어. 다섯 끗)를 잡았다.

그러나 노동자와 농민은 무대를 잡았다. 그들에게는 조선 문화의 향상이나 민족적 발전이나가 도리어 무거운 짐을 지워 주었을지언정 덜어주지는 아니하였다. 그들은 배(梨) 주고 속 얻어먹은 셈이다.

인텔리들이 늘어나고, 그들의 가치는 점점 낮아진다

〔20여 자 삭제(일제 강점기에 삭제됨)〕

인텔리…… 인텔리 중에도 아무런 손끝의 기술이 없이 대학이나 전문학교의 졸업증서 한 장을 또한 조그마한 보통 상식을 가진 직업 없는 인텔리…… 해마다 천여 명씩 늘어가는 인텔리…… 뱀을 본 것은 이들 인텔리다.

부르주아지의 모든 기관이 포화 상태가 되어 더 수요가 아니 느니 그들은 결국 꾀임을 받아 나무에 올라갔다가 흔들리는 셈이다. 개밥의 도토리다.

인텔리가 아니었으면 차라리 〔9자 삭제〕 노동자가 되었을 것인데 인텔리인지라 그 속에는 들어갔다가도 도로 달아나오는 것이 99퍼센트다. 그 나머지는 모두 어깨가 축 처진 무직 인텔리요, 무기력한 문화 예비군 속에서 푸른 한숨만 쉬는 초상집의 주인 없는 개들이다. 레디메이드 인생이다.

4

방세를 낼 돈도 없는 P는 터무니없는 공상만 한다

"제길!"

P는 혼자 두덜거리며 지금까지 섰던 기념비각 옆을 떠났다.

〔6행 삭제〕

P는 자기 자신이고 세상의 모든 일이고 모두 짜증이 나고 원수스러웠다.

광화문 큰 거리를 총독부 쪽으로 어실어실 걸어가노라니 그의 그림자가 짤막하게 앞에 누워 간다. P는 그 자기의 그림자를 꽉 밟고 싶었다. 그러나 발을 내어디디면 그림자도 그만큼 앞으로 더 나가곤 한다. 이 그림자와 자기 자신에서 그리고 그림자를 밟으려는 자기 자신과 앞으로 달아나는 그림자에서 P는 자기의 이중인격의 모순상을 발견하였다.

동십자각 옆에까지 온 P는 그 건너편 담뱃가게 앞으로 갔다.

"담배 한 갑 주시오."

하고 돈을 꺼내려니까 담뱃가게 주인이,

"네. 마코(일제 강점기의 저급 담배) 입니까?"

묻는다.

P는 담뱃가게 주인을 한 번 거들떠보고 다시 자기의 행색을 내려 훑어보다가 심술이 번쩍 났다. 그래서 잔돈으로 꺼내려던 것을 일부러 일원짜리로 꺼내드는데 담뱃가게 주인은 벌써 마코 한 갑 위에다 성냥

을 받쳐 내어민다.

"해태 주어요."

P는 돈을 들이밀면서 볼멘소리를 질렀다. 그러나 담뱃가게 주인은 그저 무신경하게

"네에."

하고는 마코를 해태로 바꾸어주고 팔십오 전을 거슬러다 준다.

P는 저편이 무렴해하지 아니하는 것이 더욱 얄미웠다.

그는 해태 한 개를 꺼내어 붙여 물고 다시 전찻길을 건너 개천가로 해서 올라갔다. 인제는 포켓 속에 남은 것이 꼭 삼 원하고 동전 몇 푼이다. 엊그제 겨울 외투를 사 원에 잡혀서 생긴 것이다.

방세와 전깃불 값이 두 달 치나 밀리었다. 삼 원은 방세 한 달 치를 주고 일 원에서 전등 삯 한 달 치를 주고도 싶었으나 그러고 나면 그 나머지로 설렁탕이나 호떡을 사먹어도 하루밖에는 못 지낸다. 그래 그대로 넣어두고 한 이틀 지내는 동안에 일 원이 거진 달아났던 판인데 공연한 객기를 부리느라고 당치도 아니한 해태를 샀기 때문에 인제는 일 원 돈은 완전히 달아나고 삼 원만 남은 것이다.

P는 포켓 속에 손을 넣고 잔돈과 지폐를 섞어 삼 원 남은 돈을 만지작거렸다. 그러면서 왼편 손으로는 손가락을 꼽아가며 삼 원을 곱쟁이 쳐 보았다.

육 원, 십이 원, 이십사 원, 사십팔 원, 구십육 원, 백구십이 원, 팔 원 모자르는 이백 원…… 사백 원, 팔백 원, 일천육백 원, 삼천이백 원, 육천사백 원, 일만이천팔백 원, 팔백 원은 떼어버리고 이만사천 원, 사만팔 천 원, 구만육천 원, 십구만이천 원, 삼십팔만사천 원, 칠십육만팔천

원, 일백오십삼만육천 원…….

　삼 원을 열여덟 번만 곱집으면 일백오십삼만 원이 된다. 일백오십삼만 원, 그놈이 있으면…… 이렇게 생각하매 어깨가 으쓱해졌다.

　삼 원의 열여덟 곱쟁이가 일백오십만 원이니 퍽 쉬운 일이다…… 그놈만 있으면 백만 원을 들여서 오십 전짜리 십육 페이지 신문을 하나 했으면 위선 K사장의 엉엉 우는 꼴을 볼 수가 있을 것이다.

　그러나 아쉬운 대로 십오만 원만 있어도, 일만오천 원 아니 일천오백 원만 있어도 아니 일백오십 원만 있어도 십오 원만 있어도 우선 방세와 전등 삯을 주고 한 달은 살아가겠다.

　P는 한숨을 내쉬었다. 한 달? 한 달만 살고 나면 그담은 어떻게 하나? …… 그래도 몇 백 원은 있어야지, 아니 몇 천 원은, 아니 몇 만 원은…….

　P는 늘 하는 버릇으로 이런 터무니없는 공상을 되풀이하였다.

　그는 최근 이러한 공상을 하면서부터 취직을 시들하게 여겼다.

　취직이 된댔자 사오십 원이나 오륙십 원의 월급이다. 그것을 가지고 빠듯빠듯 살아간들 무슨 아기자기한 재미가 있을 턱도 없는 것이다.

　가령 근실히 해서 월괘저금(月掛貯金, 매월 정기적으로 하는 저금) 같은 것도 하고 집도 장만하고 여편네도 생기고 사장이나 중역들의 눈에 들어 지위도 부장쯤으로는 올라가고, 그리하여 생활의 근거도 안정이 되고 하면 지금 같은 곤란은 당하지 아니하겠지만, 그러나 P에게는 아직도 젊은 때의 야심이 있어 그러한 고식(당장에는 탈이 없고 편안함을 비유적으로 이르는 말)된 안정이나 명색 없는 생활은 도리어 피하고 싶었던 것이다. 좀 더 남의 눈에 띄며 좀 더 재미있고 그리고 자유로운 생활…….

물론 그는 지금이라도 누가 한 달에 삼십 원만 줄 테니 와서 일을 해 달라면 마치 주린 개가 고기를 보고 덤비듯이 덮어놓고 덤벼들 것이다. 그러나 속으로는 그와 딴판으로 배포를 부리고 있는 것이다.

P가 삼청동으로 올라가느라고 건춘문 앞까지 이르렀을 때에 저편에서 말쑥하게 봄 치장을 한 여자 하나가 마주 내려왔다.

역시 삼청동 근처에 사는 여자인지 P와는 가끔 마주치는 여자다.

P는 그 여자와 만날 때마다 일부러 눈여겨보지 아니하는 체는 하면서도 실상은 고비샅샅(구석구석마다 샅샅이) 관찰을 하였고, 그리고 속으로는 연애라도 좀 했으면 하던 터이었다. 무엇보다도 동그스름한 얼굴에 이목구비가 모두 모지지 아니하고 얼굴의 윤곽이 동글듯이 모가 나지 아니한 것, 그래서 맘자리도 그렇게 동글려니 하는 것이 P의 마음을 끈 것이다.

그 여자는 자주 만나는 이 협수룩한 양복장이─P를 먼빛으로도 알아보았는지 처녀다운 조심스런 몸매로 길을 가로 비켜 가까이 왔다.

P는 고개를 꼿꼿이 쳐들고 앞만 쳐다보면서도 속으로는,

'저 여자가 지금 내 옆으로 다가와서 조그만 소리로 정답게 구애를 한다면? 사뭇 들이안긴다면…… 어쩔꼬?'

이런 생각을 하면서 히죽이 웃는데 여자는 벌써 지나쳐 버렸다.

'흥! 어쩌긴 무얼 어째? …… 이년아, 일없다는데 왜 이래! 하고 발길로 각 차 내던지지.'

하고 P는 어깨를 으쓱하였다.

삼청동 꼭대기에 있는 집─집이 아니라 사글세로 들은 행랑방─에 돌아왔다. 객지에 혼자 있으니 웬만하면 하숙에 있을 것이로되 밥값이 밀

리고 그것에 졸릴 것이 무서워 P는 방을 얻어가지고 있던 것이다.

먹는 것이야 수중에 돈이 있는 때에 따라 호떡도 설렁탕도 백화점의 런치도, 그렇잖고 몇 끼씩 굶기도 하여 대중이 없었다.

볕 구경을 잘 못해서 겨울에도 곰팡이 슬고 이불을 며칠씩 그대로 펴두는 방바닥에서는 먼지가 풀신풀신 올랐다.

하도 어설퍼 앉으려고도 아니하고 방 가운데 우두커니 서서 있노라니까 안방 문 여닫는 소리가 들리며 주인 노파가 나와서 캑 하고 기침을 한다. P는 또 방세 졸릴 일이 아득하였다.

그러나 노파는 방세보다도 우선 편지 한장을 들이밀어준다. 고향의 형에게서 온 것이다.

편지를 뜯어 읽고 난 P는 말가웃(一斗半 ; 한 두 반)이나 되게 한숨을 푸 내쉬었다. 그리고는 편지를 박박 찢어버렸다.

5

집에서 온 편지를 본 P는 한숨을 쉰다

편지의 요건은 P의 아들에 관한 것이다.

P에게는 연전에 갈린 아내와의 사이에 생긴 창선이라는 아들이 있다. 금년에 아홉 살이다.

아내와 갈릴 때에 저편에서 다만 어린애만이라도 주었으면 그것을 데리고 길러가는 재미로 혼자 사는 세상에 낙을 붙이겠다고 사정하였다. 그리고 적어도 중학까지는 마치게 하겠다는 것이었다.

그렇게 했으면 P도 한짐을 덜었을 것이다. 그러나 그는 듣지 아니하였다.

어릴적부터 소박데기 어미의 손에서 아비의 원망과 푸념을 들어가면서 자란 자식은 자란 뒤에 그 아비에게 호감을 가지지 못한다. P는 자식을 꼭 찾고 싶은 것은 아니나 아무튼 장성하면 아비라고 찾아올 터인데 그때에 P는 이미 늙고 자식은 팔팔하게 젊은 놈이 옛날에 제 어미를 소박한 아비래서 아니꼽게 군다면 그것은 차마 못 당할 노릇이다.

이러한 생각으로 P는 창선이를 내주지 아니한 것이다. 그러나 빼앗아놓고 보니 인제 겨우 너댓 살밖에 아니 먹은 것을 자기 손으로 어찌할 수가 없다. 그리하여 할 수 없이 어렵사리 지내는 그 형에게 맡기어놓고 다시 서울로 올라온 것이다. 보통학교에 다닐 나이가 되면 서울로 데려오겠다고 해두고.

P의 형은 작년에 조카를 보통학교에 입학시켰다. 그러나 극빈 축에 드는 집안인지라 몇 푼 아니되는 월사금과 학비를 대지 못하여 중도에 퇴학시켰다. 애초에 입학시킬 상의로 P에게 편지를 했을 때에 P는 공부 같은 것은 시켰자 소용이 없으니 차라리 뼈가 보드라운 때부터 생일(노동)을 시키라고 하였다. P의 형은 그러나 백부(伯父)의 도리로나 집안의 체면으로나 창선이를 생일을 시킬 수가 없었다. 차라리 자기 손에 두어 헐벗기고 헐입히면서 공부도 시키지 못하느니 제 아비인 P더러 데려가라고 작년부터 편지를 하던 터이다.

금년도 입학 시기가 당함에 P의 형은 P에게 누차 편지를 하였다. 금년에 입학을 시키지 못하면 명년에는 학령이 초과되어 들여 주지 아니할 것이니 어서 데려다가 공부를 시키라는 것이다.

"그 어린것이 굶기를 먹듯 하고 재주는 있으면서 남의 집 아이들이 학교에 다니는 것을 부러워하는 꼴은 차마 애처러워 볼 수가 없다. 차라리 이꼴저꼴 보지 아니하는 것이 속이나 편하겠다."

이번 편지에는 이러한 구절이 있고 끝에 가서,

'여비가 몇 원 변통되면 차를 태우고 전보를 칠 테니 정거장에 나와 데려가거라. 나도 웬만하면 객지에 혼자 있는 너에게 어린 자식을 떠맡기듯이 보내겠느냐마는 잘못하다가 그것을 굶겨 죽이겠기에 생각다 못하여 단행하는 것이다.'

이러한 말이 씌어 있었다.

P는 박박 찢은 편지를 돌돌 뭉쳐 방구석에 내던지고 한숨을 푸 내쉬었다.

아들은 데려와야 하는데 집세 낼 돈도 없다

인제는 자식을 데리고 있기가 피할 수 없이 되었는데 어떻게 했으면 좋을까 하는 것이다. 그는 형이 원망스럽고 아니꼬웠다.

굳이 제 아비를 따라 보낸다는 것이 아니라 부둥부둥 공부를 시키라는 것 때문이다. 기왕 서울로 보내나 시골서 데리고 있으나 고생시키기는 일반이니 차라리 시골서 일찍부터 생일이나 시켰으면 P에게는 여러 가지로 좋을 것이었다.

'흥! 체면! 공부! 죽어도 인텔리는 만들잖는다.'

P는 혼자 이렇게 두덜거렸다.

"집에서 온 편지유? 무슨 걱정이 생겼수."

말거리를 찾지 못하여 머뭇거리고 섰던 안방 노인이 동정이나 하는 듯이 이렇게 묻는다.

"아니요."

P는 마지못해 코대답을 하였다.

"필경 무슨 걱정이 생긴 게구려!"

노인은 자기의 말거리를 만들려고 아니라는데도 이렇게 걱정을 내어놓는다.

"그게 모두 가난한 탓이지…… 저렇게 젊고 똑똑한 이가, 저게 모두 가난한 탓이야! 어디 구실[직업]자리 말한다더니 아직 아니됐수?"

"네, 아직……."

"거 큰일 났구려! 어서 돼야 할 텐데…… 나두 꼭 죽겠수…… 이 늙은 것이! …… 돈 좀 마련되잖았수? ……."

"네, 아직 좀……."

"저걸 어쩌나! 오늘은 물 값이야 전깃불 값이야 사뭇 받으러 달려들 텐데!"

"며칠만 더 미루십시오. 설마하니 마나님이야 아니 드리겠습니까……."

"아무렴! 실수야 없을 줄 알지만 내가 하도 옹색하니깐 그러는 거지……."

P는 노인이 지껄이게 두어두고 혼자 생각하였다. 전에 아는 집에서 셋방을 얻어 들었을 때에는 두 달이고 석 달이고 세가 밀려야 조르는 법이 없었다.

밀려도 조르지 아니하는 아는 집…… 이것이 P는 도리어 미안해서 이곳으로 옮겨온 것이다. 옮겨 와 가지고 막상 졸림질을 당하니 미안해도 졸리지는 아니하던 옛집이 그리워지는 것이다.

실업자 세 친구는 책을 팔아 술을 마신다

노인이 문을 가로막고 서서 수다스런 소리로 더 지껄이려고 하는데 마침 P의 동무 M과 H가 찾아왔다.

"어디 나가나?"

M이 그렇잖아도 벌씸한 코를 한 번 더 벌씸하고 사이 벌어진 앞니를 내어 보이며 싱끗 웃는다.

몸집은 M과 같이 통통하지만 키가 작아 M의 뒤에 가려 섰던 H가 옆으로 나서며,

"안녕하시오."

하고 인사를 한다.

P는 싱끗이 웃었다. 이 M과 H는 같은 하숙에 있는데 두 사람은 곧잘 같이 돌아다닌다. 같이 가는 것을 나란히 세워놓고 보면 하나는 키가 커서 우뚝하고 하나는 키가 작아서 납작 붙어가는 것 같다.

얼굴도 M은 우둘부둘한 게 정객 타입으로 생기었고 — 잘못하면 복싱 링에 내세워도 좋겠고 — H는 안존한 게 사무원 타입이다.

일상의 언행을 보아도 H는 무슨 이야기가 자기 전문인 법률에 관한 것에 다다르면 육법전서의 조목을 따르르 외이면서 이러고 저러고 하다고 설명을 하고 M은 동경서 학생 ××에 제휴를 했던 만큼, 그리고 전문이 정경과인만큼 좌익 진영에서 쓰는 어투가 그대로 나온다.

"여전히 모두 동색(冬色)이 창연하군!"

P는 두 사람의 툭툭한 겨울 양복을 보고, 그리고 자기의 행색을 내려 보며 웃었다.

M이 신을 벗고 들어와 먼지 앉은 책상 위에 걸터앉으며,

"춘래불사춘(春來不似春, 봄이 와도 봄 같이 않음)일세."

하고 한마디 왼다. H도 따라 들어와 한편에 앉으며 한마디 한다.

"아직 괜찮아…… 거리에서 보니까 동복 입은 사람이 많데……."

"괜찮기는 무어 괜찮아…… 우리가 길로 돌아다니니까 사방에서 아이구야! 소리가 들리데."

"왜?"

"봄이 발밑에서 짓밟히느라고."

"하하하하."

세 사람은 소리를 내어 웃었다.

"참 시험 본 것 어떻게 되었소?"

P는 H가 일전에 총독부에서 본 고원 채용시험을 생각하고 물어보았다.

"말두 마시우…… 인제는 꼭 들어앉어 공부나 해가지고 변호사 시험이나 치겠소."

사람이 별로 변통성도 없고 그렇다고 여기저기 발련도 없어 취직이 여의하게 되지 못하는 것을 볼 때에 P는 가엾은 생각이 늘 들곤 하였다.

"가만있게…… 어서 변호사 시험만 파스하게. 그러면 인제 내가 백만 원짜리 주식회사를 조직해 가지고 자네를 법률고문으로 모셔옴세."

이것은 M이 늘 농 삼아 하는 농담이다. M도 일년 동안이나 취직운동을 하면서 지냈건만 그는 도리어 배포가 유하다. 조금 더 재빠르게 했으면 M은 벌써 취직이 되었을는지도 모르나 그는 타고난 배포와 그리고 남에게 아유구용(남에게 아첨하여 구차스럽게 굶)을 하기 싫어하는 성질로 말하자면 취직전선의 낙오자다.

별로 만나야 할 일도 없다. 그러나 제가끔 혼자 있으면 우울해지니까 이렇게 서로 찾으며 자주 만나게 된다.

만나 앉아서 이야기라도 지껄이면 그동안만은 명랑하여진다. 지금 서울 안에 P니 M이니 H와 같이 매일 만나 하는 일 없이 돌아다니고 주머니 구석에 돈푼 있으면 서로 털어 선술잔이나 먹고 하는 룸펜의 패가 수없이 많다.

무어나 일을 맡기었으면 불이 번쩍 일게 해낼 팔팔한 젊은 사람들이다. 그렇건만 그들은 몸을 비비 꼬고 있다.

아무데도 용납치 못하는 사람들이다. ××적 ××에서 그들을 불러들이기에는 ××적 ××의 주관적 정세가 너무도 미약하다. 그것은 그들의 몇 부분이 동경서 학생으로 있을 시절에는 그 속에서 활발하게 ××을 계속하던 것이 조선에 나오면서 탈리되는 것으로 보아 그러한 해석을 내리지 아니할 수가 없다.

그렇다고 부르주아지의 기성 문화기관에 들어가자니 그곳에서는 수요를 찾지 아니한다. 레디메이드로 된 존재들이니 아무 때라도 저편에서 필요해야만 몇씩 사들여간다.

M이 마코를 꺼내놓고 붙여 문다. P는 포켓 속에 들어 있는 해태를 차마 내놓기가 낯이 따가워 M의 마코를 집어 당겼다.

〔6행 삭제〕

P는 설명을 시작한다. P 자신 그러한 장난 비슷한 공상을 하면서 일단 해보라고 하면 주저할 것이지만 어쨌거나 그랬으면 통쾌하리라는 것이다.

"먼첨 경무국에 들어가서 아주 까놓고 이야기를 한단 말이야. 우리가 지금 대상으로 하는 것은 총독부가 아니라 조선의 소위 민간 측 유지들이니까 간섭을 말어달라고."

"그러면 관허(官許, 정부의 허가) 메이데이로구만."

"그래 관허도 좋아…… 그래가지고는 기에다가는 무어라고 쓰느냐 하면 '우리에게 향학열을 고취한 놈이 누구냐?' …… 어때?"

"좋지!"

"인텔리에게 직업을 내라…… 이렇게 노래를 지어 부르거든."

〔1행 삭제〕

"응…… 유지와 명사의 가면을 박탈시키라고…… 한 몇십 명이 그렇게 데모를 한단 말이야."

"하하하하."

M은 이렇게 웃고 H는 시원찮게 핀잔을 준다.

"듣그럽소 여보…… 아, 글쎄 멀끔멀끔한 양복쟁이들이 종로 네거리로 기를 받고 그렇게 다녀 봐! 애들이 와서 나 광고지 한 장 주, 하잖나."

"하하하하."

"허허허허."

창밖에서 냉이 장수가 싸구려 소리를 외치고 지나간다. M이 그에 응하여,

"이크, 봄을 덤핑하는구나."

"흠, 경제학자라 다르군…… 참 우리 하숙에서는 채소를 좀 먹여 주어야지!"

"밥값을 잘 내보지."

"그도 그렇지만."

"나는 석 달 치 밀렸네."

"나도 그렇게 될 걸."

"그러니까 나처럼 이렇게 아파트 생활을 해요."

이것은 P의 말이다. 아파트라고 말해놓고도 서글퍼서 허허 웃었다.

"조선식 아파트! 그렇지만 우리가 아파트 생활을 했다면 아마 두어 달 전에 굶어 죽었을 걸."

"나는 돈을 보면 초면 인사를 해야 되겠네…… 본 지가 하도 오래서 (오래 되어서) 낯을 잊었어."

"여보게."

하고 M이 의젓하게 H를 달군다.

"돈 구경한 지 오래 됐다지?"

"응."

"존 수가 있네."

"뭣?"

"자네 책 좀 삼사(三四) 구락부에 보내세."

"싫으이."

"자네 돈 구경하고…… 구경하고 나서 그놈으로 한잔 먹고……."

"한잔 말이 났으니 말이지 요즘 같으면 술이나 실컷 먹고 주정이라도 했으면 속이 시원하겠네."

"그러니까 말이야…… 가세. 가서 다섯 권만 잽혀."

"일없다."

"내가 찾아주지."

"흥."

"정말이야."

"싫여."

6

카페 여종업원은 푼돈에도 정절을 판다

그날 밤.

P와 M은 H를 졸라 그의 법률책을 잡혀 돈 육 원을 만들어 가지고 나섰다.

선술집에 가서 엔간히 취하도록 먹은 뒤에 C라는 카페에 가서 술 두 병을 놓고 자정이 되도록 노닥거렸다.

그곳에서 나올 때는 육 원 돈이 이 원 남았다. 이 원의 처지를 생각하다 세 사람은 일제히 동관으로 가기로 하였다.

세 사람이 모두 다리가 비틀거렸다. 그중에도 P는 더욱 취하였다.

늴리리 가락으로 들어박힌 갈보집.

다 쓰러져가는 초가집을 세 사람이 아는 집 들어서듯이 쑥쑥 들어서니,

"들어오십시오."

"어서 오십시오."

라고 머리 땋은 계집애와 배가 북통 같은 애 밴 계집이 마루로 나선다.

P가 무심결에 해태곽을 꺼내어 붙여 무니까 머리 땋은 계집애가 P의 목을 얼싸안고 볼에다 입을 쪽 맞추더니,

"나도 하나."

하고 손을 벌린다. P는 기가 막혀 담배곽을 내미는데 H와 M은 박수를

하며,

"부라보!"

하고 굉장하게 큰 소리로 외친다.

건넌방에 들어가 앉으니 마루에서 따그락따그락 소리가 난다.

배부른 계집은 푸대접을 받고 머리 땋은 계집애가 H와 M의 손으로 옮아 다니면서 주물린다. 깩깩 소리를 지르며 엄살을 한다. 말을 붙이고 대답을 주고받고 하는 것이 H와 M은 전에 한번 와본 집인 듯하다.

술상이 들어왔다.

잔은 사발만 한데 술주전자는 눈알만 하다. 술을 부어놓으니 M이 척 받아놓고는 노래를 투정한다. 계집애는 그보다 더 약아서 제가 그 술을 쭉 들이마시고는 빈 잔만 M의 입에 대어준다.

P는 개숫물같이 밍밍한 술을 두어 잔 받아먹는 동안에 비위가 콱 거슬려서 진정하느라고 드러누웠다.

H가 계집애를 무릎에 올려놓고 신이 나게 노래를 부른다. 물론 고저도 장단도 맞지 아니하는 노래다.

M이 애 밴 계집을 실컷 시달려 주다가 머리 땋은 계집애를 빼앗아 가더니 귀에 대고 무어라고 속삭거린다. 그러면서 둘이서 연해 P를 건너다보며 싱긋벙긋 웃는다.

조금 있다가 계집애가 P에게로 오더니 귀에다 입을 대고 속삭인다.

"저이가 나더러 당신하고 오늘 저녁…… 응, 어때?"

"그래라."

P는 불쑥 성난 것처럼 대답했다.

"아이! 싱거워!"

계집애는 P를 한 번 꼬집어 주고 다시 M에게로 달아났다.

M에게로 가서 또 무어라고 속삭거리더니 재차 와가지고는 귓속말을 한다.

"자고 가, 응."

"그래 글쎄."

"꼭."

"응."

"정말."

"응."

술은 네 주전자가 들어왔는데 세 사람 손님은 두서너 잔씩밖에 아니 먹었다. 그 나머지는 다 저희가 먹었다. 계집애가 술이 곤주가 되게 취해가지고 해롱해롱 까분다.

술값을 치르는 것을 보고 P도 따라 일어섰다. M이 몸뚱이로 슬쩍 밀어서 방 안으로 들여보내고 뒤에서 계집애가 양복 뒷깃을 잡아당긴다.

"그래라, 자고 간다."

P는 방 가운데 벌떡 드러누웠다.

"너희 집이 어디냐?"

계집애가 옆에 와서 앉는 것을 보고 P가 물었다.

"××도 ××."

"언제 왔니?"

"작년에."

P는 몸을 일으켰다. 또 속이 왈칵 뒤집혀 좀 더 진정하려고 하는 생각인데 계집애가 꽉 밀어뜨린다.

"나이 몇 살이냐?"

"열여덟."

"부모는?"

"부모가 있으면 여기서 이 짓을 해?"

"왜 이 짓이 나쁘냐?"

"흥…… 나도 사람이야."

"에꾸! 나는 네가 신선인 줄 알았더니 인제 보니까 사람이로구나!"

"듣그러!"

계집애는 눈을 쪽 흘기고는 갑자기 웃으면서 P의 목을 끌어안는다.

"자고 가, 응."

"우리 마누라한테 자볼기 맞고 쫓겨난다."

"그러면 내한테 와서 나하고 살지…… 여기 내 빚 팔십 원만 물어주면……"

"팔십 원이냐?"

"응."

"가겠다."

P는 또 일어나려는 것을 계집이 껴안고 놓지 아니한다.

"자고 가…… 내가 반했어."

"아서라"

"정말!"

"놓아."

"아니야, 안 놓아. 자고 가요 응…… 자고…… 나 돈 좀 주어."

"돈? 내가 돈이 있어 보이니?"

"돈 소리가 절렁절렁 나는데?"

미상불 P의 포켓 속에는 아까부터 잔돈 소리가 가끔 잘랑거렸다.

"자고 나 돈 조끔 주고 가, 응."

"얼마나?"

"암만도 좋아…… 오십 전도, 아니 이십 전도."

계집애의 말이 떨어지기도 전에 P는 불에 데인 것같이 벌떡 일어섰다. 일어서면서 그는 포켓 속에 손을 넣고 있는 대로 돈을 움켜쥐어 방바닥에 홱 내던졌다. 일 원짜리 지전 두 장과 백통전이 방바닥에 요란스럽게 흐트러진다.

"아따, 돈!"

내던지고는 P는 뛰어나왔다. 그의 눈에는 눈물이 고였다.

7

P는 인도주의에 증오를 느낀다

P는 정조(貞操)적으로 순진한 사나이가 아니다. 열네 살 때에 소꿉질 같은 장가를 갔고 그 뒤 동경 가서 있을 동안에 거기 여자와 살림도 하였다.

조선에 돌아와 직업을 가지고 있는 사이에 기생과 사귀어 한동안 죽을 둥 살 둥 모르게 지내기도 하였다.

그밖에도 정 두이 지낸 여자가 두엇 더 있다. 그러나 삼십이 되도록 지금까지 유곽을 가거나 은근짜(몰래 몸을 파는 여자를 속되게 이르는 말) 집을 가거나 동관의 색주가 집에 가서 잠자리를 한 일은 없다.

그것은 P의 괴벽이다. 어떠한 여자를 물론하고 그가 정이 들지 아니한 여자이면 절대로 관계를 아니한다는 것이다.

그 대신 한번 P의 눈에 들고 따라서 정이 들면 아무것도 돌아보지 아니하고 심각한 열정에 맡기어 완전히 그 여자를 움켜쥐어 버리며 또한 그 여자에게 전부를 내주어 버린다. 그리하여 그는 늘 all or nothing을 말한다.

이것이 처세상 퍽 이롭지 못한 것을 P도 잘 안다. 또 공연한 승벽이요 고집인 줄 알건만 그는 그것을 고치지 못한다.

이날 밤에도 그는 그 계집애를 조금도 어떻게 하겠다는 생각은 나지 아니하였다.

술 취한 끝에 속이 괴로우니까 진정을 하자는 판인데 '오십 전, 아니 이십 전도 좋아' 하는 소리에 버쩍 흥분이 된 것이다.

너무도 인간이 단작스럽고(하는 짓이 보기에 치사하고 더러운 데가 있음) 악착스러운 것 같았다. P가 노상 보고 듣는 세상이 돈을 중간에 놓고 악착스럽게 으르렁으르렁하는 것임을 모르는 바는 아니나 정조 대가로 일금 이십 전을 요구하는 것은 처음 보았다.

P는 그러한 여자가 정조를 파는 데 무신경한 것도 잘 알고 있으며 따라서 그것이 비도덕이니 어쩌니 하는 것도 아니다.

그의 관점과 해석은 그런 것보다 더 나아간 입장에 있었다.

그러나 '이십 전만 주어도' 소리에는 이것저것 생각하고 헤아릴 나위도 없었다. 더럽고 얄미우면서 눈물이 고였다. 삼 원쯤 되는 전 재산을 털어 내던지고 정신없이 뛰어나온 것이다.

술 취한 P를 혼자 남겨둔 H와 M은 골목에 기다리고 서서 있었다. P

가 뛰어 나오는 것을 보고 그들은 위선 농을 건넨다.

"한턱 하오."

"장가간 턱 하게."

P는 고개를 흔들었다. 그리고 멍하니 서서 생각을 하였다.

다분의 가면 밑에서 꿈틀거리는 인도주의에 몹시 증오를 느끼는 P는 이날 밤 자기의 행동을 어떻게 해석할지 몰라 괴로워하였다.

내일을 굶어야 할 그 돈이지만 돈이 아까운 것이 아니다. 정조 값으로 이십 전을 주어도 좋다는데 왜 정조는 퇴하고 돈만 있는 대로 다 털어 주었는가? 왜 눈에 눈물은 고였는가?

8

장님이 눈병난 사람을 불쌍히 여긴다

P는 머리가 띵하고 속이 뉘엿거리어 정신을 차릴 수가 없었다. 그는 두 친구에게 인사도 변변히 하지 아니하고 코를 베인 듯이 삼청동으로 올라왔다. 어서 바삐 좀 드러눕고만 싶었던 것이다.

아무리 방구들은 차고 지저분하게 늘어놓았어도 제 처소는 반가운 것이다. 더구나 몸이 괴로울 때는—.

P는 누더기 양복이나마 벗으려고도 아니하고 그대로 펴 두었던 이부자리 속에 몸을 파묻었다. 드러누우니 취기가 새삼스레 더하여 영영 옷 벗을 생각도 잊어버리고 그대로 잠이 들었다.

얼마를 자고 났는지 괴로워 부대끼다 못하여 잠이 깨었을 때는 목이 타는 듯이 말랐다.

물은 없다. 물이 없어 못 먹느니라 생각하니 목은 더 말랐다.

밤은 어느 때나 되었는지 짐작할 수가 없다. 전등은 그대로 켜져 있다. 밖에서는 사람 지나다니는 발자국소리도 들리지 아니한다. 전차 달리는 소리도 들리지 아니하고 가끔 가다가 자동차의 경적이 딴 세상의 소리같이 감감하게 들리어 온다.

밤이 깊지 아니했으면 잠긴 안대문을 두드려 주인 노인에게라도 물을 청하겠지만 이 깊은 밤에 그리하기도 미안하다. 그것도 방세나 여일하게 내었을 제 말이지 얼굴 대하기를 이편에서 피하는 판에 차마 못할 일이다.

물지게 장수의 삐득거리는 소리가 들리나 하고 귀를 기울였으나 감감히 소리가 없다.

목은 더욱더욱 말라 들어온다. 입술이 바싹 마르고 입안이 침기가 없고 목구멍이 바삭바삭 소리가 날 듯이 마르고, 그러고는 창자 속까지 말라 내려가는 듯하다.

방금 미칠 듯하다.

눈앞에 용용하게 흘러가는 푸른 한강이 어릿어릿하고 쏴 쏟아지는 수통 꼭지가 보이는 듯하다.

P는 배고픈 고비는 많이 겪어 보았으나 이대도록 목마른 참은 당하기 처음이다.

배는 고프면 기운이 없이 착 가라앉을 뿐이었지만 목이 극도로 마름에는 금시 미치고 후덕후덕 날뛸 것 같다.

일어나서 삼청동 꼭대기로 올라가면 산골짜기의 물도 있고 또 우물도 있기는 하다. 그러나 이 어두운 밤에 어디가 어디인지 보이지 아니할 테고 또 우물에는 두레박도 없을 것이다.

 겨우겨우 참아가며 몇 시간을 뻐대었다. 실상 한 시간도 못되는 동안이지만 P에게는 여러 시간인 듯만 싶었다.

 그런 뒤에 겨우 물지게 소리를 듣고 그는 수통 있는 곳을 찾아 뛰어나갔다.

 사정 이야기도 변변히 하지 아니하고 쏟아지는 수통 꼭지에 매어 달리어 한 동이는 되리만치 냉수를 들이켰다. 물장수가 어이가 없어 물끄러미 치어다보고만 있다가 P의 꾸벅하고 돌아서는 등 뒤에다 혀를 끌끌 찬다.

 밥보다도 더 다급하게 그립던 물을 실컷 들이켜고 나니 찌뿌등하게 엉킨 듯 불쾌하던 취기(醉氣)도 적이 걷히고 정신이 말쑥해졌다.

 P는 새삼스레 양복을 벗어 던지고 다시 자리에 파묻혔다. 인제는 잠이 십 리나 달아나고 눈이 초랑초랑하여진다. 그러면서 어젯밤 일이 머리에 떠오른다.

 그것은 마치 못 먹을 것을 먹은 것처럼 꺼림칙한 기억이다. 아무렇게나 씻어 넘겨버리재도, 그러나 머리 한구석에 박혀 가지고 사라지려 하지 아니하는 어룽(반점)과 같다. 어떻게 해서라도 시원스러운 해석을 내리고라야 마음이 놓일 것 같다.

 정조 대가(貞操代價)로 일금 이십 전을 부르는 여자…….

 방금 세상에는 한 번 정조를 빼앗긴 것으로 목숨을 버려 자살하는 여자도 있다. 그러는 한편 '이십 전도 좋소' 하는 여자가 있다.

 여자의 정조가 그것을 잃었다고 자살을 하도록 그다지도 고귀한 것이라면 '이십 전에라도 팔겠소' 하는 여자가 눈을 멀끔멀끔 뜨고 살아 있는 사실은 무엇으로 설명할 것인가?

또 정조를 '이십 전에도 팔겠소' 하는 여자가 있도록 그것이 아무렇지도 아니한 것이라면 그것을 한 번 빼앗긴 때문에 생명을 내버리는 여자가 있는 것은 무엇으로 설명할 것인가?

이 두 여자가 모두 건전한 양심의 소유자라고 볼 수는 없다.

그러나 그 가운데 나무라기로 들면 차라리 정조를 빼앗긴 것으로 자살한 여자를 나무랄 것이지 '이십 전에 팔겠소' 하는 여자는 나무랄 수가 없다.

열여섯 살부터 시작하여 이래 삼 년이나 색주가 집으로 굴러다니는 여자다.

언제 누구에게 귀떨어진 도덕관념이나 정당한 인생관을 얻어들은 적이 없을 것이다.

술잔을 들고 앉아 한 잔이라도 오는 손님에게 더 먹이어 한 푼어치라도 주인의 수입을 도와주면 칭찬이 오니 그만이다.

"고년 어여쁘다. 나하고 ××."

하고 손님이 말하면 그에 좇아 비록 조발(早發)일지언정 생리적 만족을 얻는 한편 그야말로 단돈 이십 전이라도 벌면 그만이다.

옆에서 그것을 시키기는 할지언정 그것이 나쁘다고 가르쳐주는 사람이 있을 턱이 없는 것이다. 사실 일반 매춘부가 정조적으로 양심을 가진 듯이 보인다는 것은 그 대부분이 도리어 한 가식(假飾)에 지나지 못하는 것이다.

그것은 그들에게 있어서 일종의 정당성을 가진 노동인 것이다.

그러니까 그것을 보고 불쌍하다고 여기고 동정을 하는 것은 위문의 폐문(閉門)이다.

지금 세상은 정당한 성도덕(性道德)이 서 있는 때도 아니다.

그것은 한 세대에 여러 가지의 시대 사조가 얼크러져 있는 때문이다. 그러니까 여자의 정조에 대하여도 일률적으로 선악과 시비를 가릴 수는 없는 것이다.

하룻밤 몸값으로다 '이십 전도 좋소' 하는 여자, 그에게는 다른 사람이 갖는 성도덕도 없고 따라서 자신을 타락이래서 슬퍼하지도 아니한다.

그 여자 자신을 나무랄 필요도 없는 것이요 동정할 여지도 없는 것이다. 그 여자 자신은 결코 불쌍한 사람이 아니다.

예수의 사랑(?)도 아무리 그 사랑이 크고 넓다 했을지언정 그것은 '불쌍한 사람', '죄지은 사람'에게 미칠 수 있는 것이다.

'불쌍하지 아니한', '죄짓지 아니한' 동관의 색주가 계집애에게는 누구의 동정이나 사랑도 일없는 것이다.

'뭣? 관념적이라고?'

그렇다. 관념적이라도 할 수 없다. 그러나 그것은 그 여자의 주관을 객관화한 것이다. 그러니까 그것은 한 엄연한 현실이다.

〔2행 삭제〕

또 그 병적 현실에 메스를 대는 것은 집단의 역사적 문제이지만 룸펜 인텔리의 결벽과 흥분쯤으로는 문제가 되지 아니한다.

다만 취객이 삼 원 각수를 던져 주었으므로 해서 그 여자는 감격 없는 기쁨을 맛보았을 뿐일 것이다.

'이게 웬 떡이냐…… 어젯저녁에 꿈이 괜찮더니 이런 땡을 잡을 영으루 그랬구나…… 웬 얼간 망둥이냐.'

그 계집애는 응당 그렇게 밖에는 더 생각되지 아니하였을 것이다. 그것이 결코 무리가 없는 당연한 일이다.

P는 여기까지 생각하고 입맛 쓴 고소를 띠었다.

'흥! 되지 못하게…… 장님이 눈병 앓는 사람더러 불쌍하다고 한 셈인가.'

P는 돌아누우면서 혀를 끌끌 찼다.

9

P는 보통학교도 마치지 못한 아들의 취직을 부탁한다

일천구백삼십사 년의 이 세상에도 기적이 있다.

그것은 P가 굶어 죽지 아니한 것이다. 그는 최근 일주일 동안 돈이 생긴 데가 없다. 잡힐 것도 없었고 어디서 벌이한 적도 없다.

그렇다고 남의 집 문 앞에 가서 밥 한술 주시오 하고 구걸한 일도 없고 남의 것을 훔치지도 아니하였다.

그러나 그동안 굶어 죽지 아니하였다. 야위기는 하였지만 그래도 멀쩡하게 살아 있다. P와 같은 인생이 이 세상에 하나도 없이 싹 치워진다면 근로하는 사람이 조금은 편해질는지도 모른다.

P가 소부르주아지 축에 끼이는 인텔리가 아니요 노동자였더라면 그동안 거지가 되었거나 비상수단을 썼을 것이다. 그러나 그에게는 그러한 용기도 없다. 그러면서도 죽지 아니하고 살아 있다. 그렇지만 죽기보다도 더 귀찮은 일은 그를 잠시도 해방시켜 주지 아니한다.

그의 아들 창선이를 올려 보낸다고 어제 편지가 왔고 오늘은 내일 아침에 경성역에 당도한다는 전보까지 왔다.

오정(정오. 낮 12시) 때 전보를 받은 P는 갑자기 정신이 난 듯이 쩔쩔매고 돌아다니며 돈 마련을 하였다. 최소한도 이십 원은…… 하고 돌아다닌 것이 석양 때 겨우 십오 원이 변통되었다.

종로에서 풍로니 냄비니 양재기니 숟갈이니 무어니 해서 살림 나부랭이를 간단하게 장만하여 가지고 올라오는 길에 전에 잡지사에 있을 때 알은 ××인쇄소의 문선과장을 찾아갔다.

월급도 일없고 다만 일만 가르쳐 주면 그만이니 어린아이 하나를 써 달라고 졸라대었다.

A라는 그 문선과장은 요리조리 칭탈(핑계를 댐)을 하던 끝에 – 그는 P가 누구 친한 사람의 집 어린애를 천거하는 줄 알았던 것이다 –.

"보통학교나 마쳤나요?"
하고 물었다.

"아니요."

P는 솔직하게 대답하였다.

"나이 몇인데?"

"아홉 살."

"아홉 살?"

A는 놀래어 반문을 하는 것이다.

"기왕 일을 배울 테면 아주 어려서부터 배워야지요."

"그래도 너무 어려서 원…… 뉘집 애요?"

"내 자식놈이랍니다."

P는 그래도 약간 얼굴이 붉어짐을 깨달았다. A는 이 말에 가장 놀라운 일을 보겠다는 듯이 입만 벌리고 한참이나 P를 물끄러미 바라다본다.

"왜? 내 자식이라고 공장에 못 보내란 법 있답디까?"

"아니, 정말 그래요?"

"정말 아니고?"

"괜히 실없는 소리! …… 자제라고 해야 들어줄 테니까 그러시지?"

"아니, 그건 그렇잖어요. 내 자식놈야요."

"그럼 왜 공부를 시키잖구?"

"인쇄소 일 배우는 것도 공부지."

"그건 그렇지만 학교에 보내야지."

"학교에 보낼 처지가 못 되고 또 보낸댔자 사람 구실도 못할 테니까……."

"거 참 모를 일이요. 우리 같은 놈은 이 짓을 해 가면서도 자식을 공부시키느라고 애를 쓰는데, 도리어 공부시킬 줄 아는 양반이 보통학교도 아니 마친 자제를 공장엘 보내요?"

"내가 학교 공부를 해본 나머지 그게 못쓰겠으니까 자식은 딴 공부 시키겠다는 것이지요."

"글쎄 정 그러시다면 내가 내 자식 진배없이 잘 데리고 있으면서 일이나 착실히 가르쳐드리리다마는…… 원 너무 어린데 애처럽잖어요?"

"애처러운 거야 애비 된 내가 더 하지요만 그것이 제게는 약이니까……."

P는 당부와 치하를 하고 인쇄소를 나왔다. 한짐 벗어 놓은 것같이 몸이 가뜬하고 마음이 느긋하였다.

그는 집으로 올라가는 길에 싸전에 쌀 한 말을 부탁하고 호배추도 몇 통 사들었다. 그렁저렁 오 원을 썼다.

십 원 남은 중에 주인 노인에게 육 원을 내어 주니 입이 귀밑까지 째

어진다. 그 끝에 P가 사온 호배추를 내어 주며 김치를 담가 달라고 하니 선선히 응낙한다. 그리고 자식을 데리고 자취를 하겠다니까 깍두기야 간장이야 된장 같은 것을 아까운 줄 모르고 날라다 주고 한다.

10

몇 년 만에 아들을 만난다

이튿날 전에 없이 첫새벽에 일어난 P는 서투른 솜씨로 화로밥을 지어 놓고 정거장으로 나갔다.

그의 형에게서 온 편지에 S라는 고향 사람이 서울 올라오는 길에 따라 보낸다고 했으니까 P는 창선이보다도 더 낯이 익은 S를 찾았다.

과연 차가 식식거리고 들어서매 인간을 뱉어 내놓는 찻간에서 S가 창선이를 데리고 두리번거리며 내려왔다.

어디서 생겼는지 새까만 고꾸라 양복을 입고 이화표 붙은 학생 모자를 쓰고 거기다가 보따리를 하나 지고 무엇 꾸린 것을 손에 들고 차에서 내리는 어린아이…… 저게 내 자식이니라 생각하니 P는 어쩐지 속으로 얼굴이 붉어지며 한편 가엾기도 하였다.

S가 두 손에 짐을 가득 들고 두리번거리다가 가까이 온 P를 보고 반겨 소리를 지른다. 창선이가 모자를 벗고 학교식으로 경례를 한다. 얼굴은 너댓 살 적에 보던 것보다 더한층 저의 외가를 닮았다.

P는 그것이 몹시 불만하였다.

"그새 재미나 좋았나?"

S의 하는 첫인사다.

"뭘 그저 그렇지…… 괜한 산 짐을 지고 오느라고 애썼네."

P는 이렇게 인사 겸 치하를 하였다.

"원 천만에…… 그 애가 나이는 어려도 어떻게 속이 찼는지…… 너늬 아버지 알아보겠니?"

S는 창선이를 돌아보며 웃는다. 창선이는 고개를 숙이고 수줍은지 아무 대답도 아니한다.

P는 S와 창선이를 데리고 구름다리로 올라왔다.

"저의 외할머니가 저 양복이야 떡이야 모두 해가지고 자네 댁에까지 오셨더라네…… 오셔서 어제 떠나는데 정거장까지 나오셨는데 여러 가지 신신 당부를 하시데…… 자네에게 전하라고."

S는 P가 그다지 듣고 싶지도 아니한 이야기를 뒤따라오며 늘어놓는다. 그의 가슴에는 옛날의 반감이 솟쳐 올랐다.

"별걱정 다 하던 게로군…… 내 자식 내가 어련히 할까봐 쫓아다니면서 그래……"

"그래도 노인들이라 어디 그런가…… 객지에서 혼자 있는데 데리고 있기 정 불편하거든 당신께로 도루 보내게 하라고 그러시데……."

"그 집에 내 자식이 무슨 상관이 있어서 보내라는 거야? …… 보낼 테면 그때 데려왔을라구……"

P는 그것이 모두 그와 갈린 아내의 조종인 줄 알기 때문에 더구나 심정이 났다. 화가 나는 대로 하면 어린아이가 입고 온 양복도 벗겨 내던지고 싶었으나 꿀꺽 참았다.

11

P는 아들을 취직시키고 레디메이드 인생을 정리한다

일찍 맛보아보지 못한 새살림을 P는 시작하였다.

창선이가 도착한 날 밤.

창선이는 아랫목에서 색색 잠을 자고 있다. 외롭게 꿈을 꾸고 있으려니 생각하매 전에 없던 애정이 솟아오르는 듯하였다.

이튿날 아침 일찍 창선이를 데리고 ××인쇄소에 가서 A에게 맡기고 안 내키는 발길을 돌이켜 나오는 P는 혼자 중얼거렸다.

"레디메이드 인생이 비로소 겨우 임자를 만나 팔리었구나."

이야기 따라잡기

P는 동경 유학까지 갔다 온 인텔리이지만 실직한 이후 다시 취직을 하지 못해 전전긍긍하고 있다. 취직을 부탁하러 K사장에게 갔지만 충고만 듣고 나온다. P는 이력서를 들고 여기저기 돌아다니지만 계속해서 거절당하게 되고, 자신의 무능력함에 절망하게 된다.

아들을 대신 키우고 있던 형은 조카를 공부시킬 수 없는 형편을 이야기하며 아들을 데리고 가라고 계속 편지를 보내오고 있다. 하지만 P 역시 아들을 키울 형편이 안 될 뿐만 아니라 당장 방세를 낼 돈도 없다. 집에 찾아온 친구 M, H와 함께 책을 잡혀 마련한 돈으로 선술집·카페·색주가로 돌아다니며 기분전환을 하지만 쓰러져가는 술집에서 만난 여종업원이 정조 대가로 일금 20전을 요구하는 것을 보며 하층민의 치사스럽고 악착스럽게 살아야 하는 현실과 그것도 일종의 노동으로 자신은 그 정도의 노동도 하지 못하고 있다는 사실에 괴로워하게 된다.

시골에서 아들이 올라온다는 전보를 받은 P는 아들과 살기 위해 약간의 돈을 변통하고, 잡지사를 다녔을 때 알게 된 인쇄소에 가서 아들을 취직시켜달라고 부탁한다. 시골에서 올라온 어린 아들을 인쇄소에 맡기고 나오는데 발걸음이 내키지 않는다.

쉽게 읽고 이해하기

Intelligence 또는 Illiteracy

'intelligence'는 지능, 지혜뿐만 아니라 지적 존재라는 뜻도 가지고 있다. 줄여서 '인텔리(intelli)'라고 한다. 고학력을 가진 사람들, 배운 사람들이란 뜻의 '인텔리'는 당시 사회적인 문제였다. 근대 문물을 배우고 와 개혁을 하겠다는 의지를 가진 사람들이기 때문이 아니라 취직을 하지 못한 실업자로서, 그리고 무능력자로서 사회의 문제였다. 근대화와 더불어 교육제도가 발달하고 교육에 대한 관심도 높아졌다. 그러나 문제는 일본의 식민지였기 때문에 고위직이나 고도의 산업은 일본인들이 차지하고 지배를 받는 피식민지인들은 1차 산업에 종사하거나 말단직에 종사하는 게 대부분이었다. 따라서 점점 늘어나는 인텔리를 수용할 수 있는 공간도, 제도적 장치도 없었다. 농민과 노동자들이 일제의 수탈에 의해 점점 파산의 위기에 놓이고 있었으므로 고학력자들이 경제적 부흥을 일으켜야 하는데, 고학력자마저 경제적 능력 없이 파산의 위기에 이르게 되자, 경제는 점점 더 어려워지게 된다.

그러나 문제는 파산에 이르렀음에도 불구하고 버리지 못하는 허위의식이다. P는 당장 먹을 음식도 없으면서 여급에게 자신의 돈을 줘버리고, 상점 주인의 말이나 표정에 기분이 상해 고급 담배를 산다. 능력도 없으면서 다른 사람에게 보이기 위한 내세움이나 푼돈에 정절을 파는 사람의 가치관을 논하는 것은 바로 지식인들의 허장성세(虛張聲勢)를 비판하고 있는 것이다. 모든 것을 잃은 그는 결국 'intelligence'를 포기하고 'illiteracy(무지, 문맹)'를 선택한다.

소학교도 마치지 못한 9살짜리 아들을 인쇄소 직공으로 취직시키는 행위는 '지식'보다는 '능력'을 중시하게 되었음을 의미한다. 즉 공부하는 것보다는 차라리 '무식'하더라도 기술을 배워 경제적 능력을 키우는 것이 낫다고 생각한다. 그러나 자신이 아닌 아들을 취직시킴으로 그는 다시 자신의 한계에 부딪친다. 아직도 지식인으로서의 허위의식을 버리지 못하고 자신이 인쇄소에 취직하는 것이 아니라 아직 소학교도 마치지 못한 어린 아들을 취직시키는 것이다. 그는 사회적으로, 학문적으로는 intelligence를 지녔지만, 경제적으로는 illiteracy이기에, 아들은 학문적으로는 illiteracy이겠지만, 경제적으로 intelligence가 되길 바라는 것이다.

레디메이드 인생

레디메이드(ready-made)는 '이미 만들어진', '기성품'이란 뜻이다. 마르셀 뒤샹이 1917년 기성품인 도기로 된 변기에 'ready-made'란 이름으로 전시함으로 알려진 용어다. 이미 만들어져 있는 것들이 용도와는 다른 장소에 있을 때 그것은 본래의 목적을 상실하고 무의미한 것이 된다. '변기'는 화장실에 있을 때 만든 목적에 부합되지만, 미술 전시회에 있을 때는 '변기' 그 자체로서의 목적을 상실하고 아무 가치 없는 것이 된다.

레디메이드 인생은 자신의 의지를 통해 만들어가는 인생이 아니라 사회에 의해 만들어진 인생이다. 사람들은 사회에 쓰기 위해 교육을 받고 준비를 한다. 모든 과정을 마치고 사회에 나가기 위해 기다리지만 전부 팔리는 것은 아니다. 팔리지 않는 것, 즉 취직을 하지 못하고 사회적 역할을 다하지 못할 때 그 사람은 무의미한 존재가 되고, 사회에서 소외될 수밖에 없다. 근대화를 통해 교육을 받은 고학력자가 많아졌지만 식민지 정책에 의해 일할 수 있는 자리가 줄어들어 실제로 쓰일 데가 없게 되면서 자연스럽게 재고품이 되어 버렸다. 이 소설에 등장하는 고학력 실업자들은 레디메이드이지만 본래의 목적성을 상실하고 의미가 없어진 소외 계층이다.

한때의 화를 참지 못하면 두고두고 후회하게 될 것이니,
제발 괴로워도 참고 견뎌라.
― 중국 격언

「치숙」(『동아일보』, 1938)은
일본인 밑에서 일하고 있는
'나'와 사회주의 운동을 하는 '아저씨'를 통해
당시의 부조리한 사회와 모순을
풍자한 단편소설이다.

치숙

"거 보시우!
사회주의란 것은 그렇게 날부랑당이어요.
아저씨두 그렇다고 하면서 아니시래요?"

등장인물

나 일본인 상점의 점원. 고아로 어릴 적 아주머니 집의 도움을 받았다. 기회주의적 인물로 일본인과 결혼하여 일본인처럼 살기를 원하며 경제적 능력을 가장 중요하게 생각한다.

아저씨 사회주의자이자 지식인. 인텔리 출신으로 사회주의 운동을 해 감옥살이를 하다가 병이 들어 폐인이 되있다. 경제적 능력이 없이 아내가 벌어오는 돈으로 살아간다.

아주머니 전통적 여인. '아저씨'에게 사랑을 받지 못하지만 병들어 집에 돌아온 아저씨를 정성스럽게 보살핀다. 모든 것을 체념하고 현실에 순응하며 산다.

치숙(痴叔)

아내는 일하고, 사회주의 운동가 남편은 놀고 있다

우리 아저씨 말이지요, 아따 저 거시키, 한참 당년에 무엇이냐 그놈의 것, 사회주의라더냐, 막걸리라더냐, 그걸 하다 징역 살고 나와서 폐병으로 시방 앓고 누웠는 우리 오촌 고모부 그 양반…….

머, 말두 마시오. 대체 사람이 어쩌면 글쎄……. 내 원!

신세 간데없지요.

자, 십 년 적공(積功, 공을 쌓음), 대학교까지 공부한 것 풀어먹지도 못했지요, 좋은 청춘 어영부영 다 보냈지요, 신분에는 전과자라는 붉은 도장 찍혔지요, 몸에는 몹쓸 병까지 들었지요.

이 신세를 해가지굴랑은 굴속 같은 오두막집 단칸 셋방 구석에서 사시장철 밤이나 낮이나 눈 따악 감고 드러누웠군요.

재산이 어디 집 터전인들 있을 턱이 있나요. 서발 막대 내저어야 짚검불 하나 걸리는 것 없는 철빈(鐵貧, 더할 수 없이 가난함.)인데.

우리 아주머니가, 그래도 그 아주머니가, 어질고 얌전해서 그 알뜰한 남편 양반 받드느라 삯바느질이야, 남의 집 품빨래야, 화장품 장사야, 그 칙살스런(하는 짓이나 말 따위가 잘고 더러운 데가 있는) 벌이를 해다가 겨우겨우 목구멍에 풀칠을 하지요.

어디루 대나 그 양반은 죽는 게 두루 좋은 일인데 죽지도 아니해요.

우리 아주머니가 불쌍해요. 아, 진작 한 나이라도 젊어서 팔자를 고치는 게 아니라, 무슨 놈의 수난 후분(말년 운)을 바라고 있다가 고생을 하는지.

근 이십 년 소박을 당했지요.

이십 년을 설운 청춘 한숨으로 보내고서 다아 늦게야 송장 여대치게 생긴 그 양반을 그래도 남편이라고 모셔다가는 병 수종 들으랴, 먹고 살랴, 애가 진하고 다니는 걸 보면 참말 가엾어요.

그게 무슨 죄다 짐이람? 팔자, 팔자 하지만 왜 팔자를 고치지를 못하고서 그래요. 죄선(朝鮮, 조선) 구식 부인네들은 다아 문명을 못하고 깨지를 못해서 그러지.

그 양반이 한시바삐 죽기나 했으면 우리 아주머니는 차라리 신세 편하리다.

심덕 좋겠다, 솜씨 얌전하겠다 하니 어디 가선들 제가 일신 몸 가누고 편안히 못 지내요?

가만있자, 열여섯 살에 아저씨네 집으로 시집을 갔다니깐 그게 내가 세 살 적이니 꼬박 열여덟 해로군요. 열여덟 해면 이십 년 아니요.

그때 우리 아저씨 양반은 나이 어리기도 했지만 공부를 한답시고 서울로, 동경으로 십여 년이나 돌아다녔고, 조끔 자라서 색시 재미를 알 만하니까는 누가 이쁘달까봐 이혼하자고 아주머니를 친정으로 쫓고는 통히 불고(돌아보지 아니함)를 하고…….

공부를 다 마치고 오더니만 그담에는 그놈의 짓에 디립다 발광해 다니면서 명색 학생 출신이라는 딴 여편네를 얻어 살았지요. 그 여편네는 나도 몇 번 보았지만 쌍판대기라고 별반 출 수도 없이 생겼습디다. 그 인물로 남의 첩이야? 일색 소박은 있어도 박색 소박은 없다더니, 사실 소박맞은 우리 아주머니가 그 여편네께다 대면 월등 이뻤다우.

그래 그 뒤에, 그 양반은 필경 붙들려가서 오 년이나 전중이(징역살이 하는 사람을 속되게 이르는 말)를 살았지요. 그동안에 아주머니는 시집이고 친정이고 모두 폭 망해서 의지가지없이 됐지요.

그러니 어떻게 해요? 자칫하면 굶어 죽을 판인데.

할 수 없이 얻어먹고 살기도 해야 하려니와, 또 아저씨 나오는 것도 기다려야 한다고 나를 발련(반연. 얽혀 맺어진 인연) 삼아 서울로 올라왔더군요. 그게 그러니까 아저씨가 나오던 그 전 해로군.

아주머니는 개가하지 않고 혼자 궁색하게 산다

그때 내가 나이는 어려도 두루 날뛴 보람이 있어서 이내 구라다 상(구라다 씨)네 식모로 들어갔지요.

그 무렵에 참 내가 아주머니더러 여러 번 권면(알아듣게 권하고 힘쓰게 함)을 했지요. 그러지 말고 개가(改嫁)를 가라고. 글쎄 어린 소견에도 보기에 퍽 딱하고 민망합디다.

계제(기회 또는 형편)에 마침 또 좋은 자리가 있었고요. 미네 상이라고, 미쓰꼬시 앞에서 바나나 다다끼우리(投賣 ; 막팔기. 손해를 무릅쓰고 상품을

싼 값에 팔아 버리는 일)를 하는 인데 사람이 퍽 좋아요.

우리 집 다이쇼〔主人 ; 주인〕도 잘 알고 허는데, 그이가 늘 날더러 죄선 오깜상〔おかみさん ; 상점의 안주인〕하구 살았으면 좋겠다고, 중매 서 달라고 그래쌌어요.

돈은 모아 둔 게 없어도 다아 벌어먹고 살 만하니까 그런 사람 만나서 살면 아주머니도 신세 편할 게 아니냐구요.

그런 걸 글쎄 몇 번 말해도 숭헌 소리 말라고 듣덜 않는 걸 어떡허나요.

아무튼 그런 것 말고라도 참, 흰말(빈말, 헛말)이 아니라 이날 이때까지 내가 그 아주머니 뒤도 많이 보아주었다우. 또 나도 그럴 만한 은공이 없잖아 있구요.

내가 일곱 살에 부모를 잃었지요. 그리고 나서 의탁할 곳이 없이 됐는데, 그때 마침 소박을 맞고 친정살이를 하는 그 아주머니가 나를 데려다가 길러 주었지요.

그때만 해도 그 집이 그다지 군색하게 지내든 안했으니깐요. 아주머니도 아주머니지만 증조할머니며 할아버지도 슬하에 딴 자손이 없어서 나를 퍽 귀여워하셨지요.

열두 살까지 그 집에서 자랐군요.

사 년이나마 보통학교도 다녔고.

아마 모르면 몰라도 그 집안이 그렇게 치패(致敗, 살림이 아주 결판남)하지만 안했으면 나도 그냥 붙어 있어서 시방쯤은 전문학교까지는 다녔으리다.

이런 은공이 있으니까 나도 그걸 저버리지 않고, 그래서 내 깜냥(스스로 일을 헤아릴 수 있는 능력)에는 갚을 만치 갚노라고 갚은 셈이지요.

허기야 요새도 간혹 아주머니가 찾아와서 양식 없다는 사정을 더러 하군 하는데 실로 정말이지 좀 성가시기는 해요.

 그러는 족족 그 수응을 하자면 내 일을 못하겠는걸. 그래 대개 잘라 떼기는 하지요.

 그렇지만 그밖에, 가령 양 명절 때면 고깃근이라도 사 보낸다든지, 또 오면가면 들러 이야기 낱이라도 한다든지, 그런 걸 결단코 범연히 하든 않으니까요.

아주머니는 폐병환자인 남편을 정성으로 보살핀다

 아무튼 그래서, 아주머니는 꼬박 일년 동안 구라다 상네 집 오마니로 있으면서 월급 오 원씩 받는 걸 그래도 고스란히 저금을 하고, 또 틈틈이 삯바느질을 맡아다가 조금씩 벌어 보태고, 또 나올 무렵에 구라다 상네 양주가 퍽 기특하다고 돈 칠 원을 상급(賞給)으로 주고, 그런 게 이럭저럭 돈 백 원이나 존존히 됐지요.

 그 돈으로 방 한 칸 얻고 살림 나부랭이도 조금 장만하고, 그래 놓고서 마침 그 알량꼴량한 서방님이 놓여나오니까 그리루 모셔 들였지요.

 놓여나는 날 나도 가서 보았지만 가막소 문 앞에 막 나서자 아주머니가 기다리고 있으니까 그래도 눈물이 핑 돌던데요.

 전에 그렇게도 죽을 둥 살 둥 모르고 좋아하던 첩년은 꼴도 안 뵈구요. 남의 첩년이란 건 다아 그런 거지요 뭐.

 우리 아저씨 양반은 혹시 그 여편네가 오지 않았나 하고 사방을 휘휘 둘러보던데요. 속이 그렇게 없다니까. 여편네는커녕 아주머니하구 나

하구 그 외는 어리친 개새끼 한 마리 없드라.

그래 마악 자동차에 올라타려다가 피를 토했지요. 나중에 들었지만 가막소 안에서 달포 전부터 토혈을 했다나 봐요.

그래 다아 죽어 가는 반송장을 업어 오다시피 해다가 뉘어 놓고, 그 날부터 아주머니는 불철주야로 할 짓 못할 짓 다해 가면서 부스대고 날뛴 덕에 병도 차차로 차도가 있고 그러더니 인제는 완구히 살아는 났지요 뭐. 참 시방은 용 꼴인걸요, 용 꼴.

부인네 정성이 무서운 겝다.

꼬박 삼 년이군. 나같으면 돌아가신 부모가 살아오신대도 그 짓 못해요.

자, 그러니 말이지요. 우리 아저씨라는 양반이 작히나(어찌 조금만큼만, 얼마나) 양심이 있고 다아 그럴 양이면, 어허 내가 어서 바삐 몸이 충실해져서 어서 바삐 돈을 벌어다가 저 아내를 편안히 거느리고 이 은공과 전날의 죄를 갚아야 하겠구나…… 이런 맘을 먹어야 할 게 아니냐구요?

아주머니의 은공을 갚자면 발에 흙이 묻을세라 업고 다녀도 참 못 다 갚지요.

사회주의는 불한당이다

그러고저러고 간에 자기도 인제는 속 차려야지요. 허기야 속을 차려서 무얼 하재도 전과자니까 관리나 또 회사 같은 데는 들어가지 못하겠지만 그야 자기가 저지른 일인 걸 누구를 원망할 일도 아니고, 그러니 막 벗어부치고 노동이라도 해야지요.

대학교 출신이 막벌이 노동이란 게 꼴 가관이지만 그래도 할 수 없지, 머.

그런 걸 보고 가만히 나를 생각하면, 만약 우리 증조할아버지네 집안이 그렇게 치패를 안 해서 나도 전문학교나 대학교를 졸업을 했으면 혹시 우리 아저씨 모양이 됐을지도 모를 테니 차라리 공부 많이 않고서 이 길로 들어선 게 다행이다…… 이런 생각이 들어요.

사실 우리 아저씨 양반은 대학교까지 졸업하고도 인제는 기껏 해 먹을 게란 막벌이 노동밖에 없는데, 요 보통학교 사 년 겨우 다니고서도 시방 앞길이 환히 트인 내게다 대면 고쓰까이〔小使 ; 소사. 잔심부름꾼〕만도 못하지요.

아, 그런데 글쎄 막벌이 노동을 하고 어쩌고 하기는커녕 조금 바시시 살아날 만하니까 이 주책꾸러기 양반이 무슨 맘보를 먹는고 하니, 내 참 기가 막혀!

아니, 그놈의 것 하구는 무슨 대천지원수가 졌단 말인지, 어쨌다고 그걸 끝끝내 하지 못해서 그 발광인고?

그러나마 그게 밥이 생기는 노릇이란 말인지? 명예를 얻는 노릇이란 말인지. 필경은 붙잡혀 가서 징역 사는 놀음?

아마 그놈의 것이 아편하구 꼭 같은가 봐요. 그렇길래 한번 맛을 들이면 끊지를 못하지요.

그렇지만 실상 알고 보면 그게 그다지 재미가 난다거나 맛이 있다거나 그런 것도 아니드군 그래요. 부랑당패든데요. 하릴없이 부랑당팹니다.

저어 서양 어디선가, 일하기 싫어하는 게으름뱅이 몇 놈이 양지 짝에 모여 앉아서 놀고 먹을 궁리를 했더라나요. 우리 집 다이쇼가 다아 자

상하게 이야기를 해 줍디다.

　게, 그 녀석들이 서루 구론을 하기를, 자 이 세상에는 부자가 있고 가난한 사람이 있고 하니 그건 도무지 공평한 일이 아니다. 사람이란 건 이목구비하며 사지 육신을 꼭같이(똑같이) 타고났는데 누구는 부자로 잘살고 누구는 가난하다니 그게 될 말이냐. 그러니 부자가 가진 것을 우리 가난한 사람들하구 다 같이 고르게 노나 먹어야 경우가 옳다.

　야, 그거 옳은 말이다. 야, 그 말 좋다. 자, 나눠 먹자.

　아, 이렇게 설도를 해가지고 우 하니 들고 일어났다는군요.

　아니, 그러니 그게 생 날부랑당놈의 짓이 아니고 무어요?

　사람이란 것은 제가끔 분지복(분복. 각자 타고난 복)이 있어서 기수(氣數)를 잘 타고나든지 부지런하면 부자가 되는 법이요, 복록을 못 타고나든지 게으른 놈은 가난하게 사는 법이요, 다아 이렇게 마련인데 그거야말루 공평한 천리인 것을, 댑다 불공평하다께 될 말이요? 그리구서 억지로 남의 것을 뺏어 먹자고 들다니 그놈들이 부랑당이지 무어요.

　짓이 부랑당 짓일 뿐만 아니라, 또 만약에 그러기로 들면 게으른 놈은 점점 더 게으름만 부리고 쫓아다니면서 부자 사람네가 가진 것만 뺏어 먹을 테니 이 세상은 통으로 도적놈의 판이 될 게 아니요? 그나마, 부자 사람네가 모아둔 걸 다아 뺏기고 더는 못 먹여 내는 날이면 그때는 이 세상 망하는 날이 아니요?

　저마다 남이 농사지어 놓으면 그걸 뺏어 먹으려고 일 않고 번둥번둥 놀 것이고 남이 옷감 짜 놓으면 그걸 뺏어다가 입으려고 번둥번둥 놀 것이고, 그럴 테니 대체 곡식이며 옷감이며 그런 것이 다아 어디서 나올 데가 있어야지요. 세상 망할 밖에!

글쎄 그놈의 짓이 그렇게 세상 망쳐 놀 장본인 줄은 모르고서 가난한 놈들, 그중에도 일하기 싫은 게으름뱅이들이 위선 당장 부잣집 사람네 것을 뺏어 먹는다니까 거기 혹해가지굴랑 너두나두 와 하니 참섭을 했다는구료.

바루 저 '아라사'(俄羅斯, 러시아의 한자음 표기)가 그랬대요.

그래서 아니나다를까 농군들이 곡식을 안 만들기 때문에 사람이 수만 명씩 굶어 죽는다는구료. 빠안한 이치지 뭐.

위선 먹기는 곶감이 달다고 그 지랄들을 했다가 잘코사니(고소하게 여겨지는 일)야!

아, 그런데 그 못된 놈의 풍습이 삽시간에 동서양 각국 안 간데없이 퍼져가지굴랑 한동안 내지에도 마구 굉장히 드세게 돌아다녔고, 내지가 그러니까 멋도 모르는 죄선 영감상들도 덩달아서 그 숭내를 냈다나요.

그렇지만 시방은 그새 나라에서 엄하게 밝히고 금하고 한 덕에 많이 머츰해졌고(잠시 그쳐 뜸함) 그런 마음먹는 사람은 별반 없다나 봐요.

그럴 게지 글쎄. 아, 해서 좋을 양이면야 나라에선들 왜 금하며 무슨 원수가 졌다고 붙잡아다가 징역을 살리나요.

좋고 유익한 것이면 나라에서 도리어 장려하고 잘할라치면 상급도 주고 그러잖아요.

활동사진이며 스모며 만자이漫才(まんざい ; 만담)며 또 왓쇼왓쇼(わっしょいわっしょい ; 영차영차. 일본의 마을축제 중 하나)랄지, 세이레이 나가시(精靈流し ; 7월 보름의 일본 불교 행사)랄지 라디오 체조랄지 이런 건 다아 유익한 것이니까 나라에서 설도도 하고 그리잖아요.

나라라는 게 무언데? 그런 걸 다아 잘 분간해서 이럴 건 이러고 저럴

치숙

건 저러라고 지시하고, 그 덕에 백성들을 제가끔 제 분수대루 편안히 살두룩 애써 주는 게 나라 아니요?

그놈의 것 사회주의만 하더라도 나라에서 금하지를 않고 저희가 하는 대루 뒀두었어 보아? 시방쯤 세상이 무엇이 됐을지…….

다른 사람들도 낭패 본 사람이 많았겠지만 위선 나만 하더라도 글쎄 어쩔 뻔했어! 아무 일도 다 틀리고 뒤죽박죽이지.

내 이상과 계획은 이렇거든요.

우리 집 다이쇼가 나를 자별히 귀여워하고 신용을 하니깐 인제 한 십 년만 더 있으면 한밑천 들여서 따루 장사를 시켜 줄 눈치거든요.

그러거들랑 그것을 언덕 삼아 가지고 나는 삼십 년 동안 예순 살 환갑까지만 장사를 해서 꼭 십만 원을 모을 작정이지요. 십만 원이면 죄선 부자로 쳐도 천석꾼이니 머, 떵떵거리고 살 게 아니냐구요.

그리고 우리 다이쇼도 한 말이 있고 하니까 나는 내지(외국이나 식민지에서 본국을 이르는 말로 여기서는 '일본'을 뜻함)인 규수한테로 장가를 들래요. 다이쇼가 다아 알아서 얌전한 자리를 골라 중매까지 서 준다고 그랬어요.

내지 여자가 참 좋지요.

나는 죄선 여자는 거저 주어도 싫어요.

구식 여자는 얌전은 해도 무식해서 내지인하구 교제하는 데 안 됐고, 신식 여자는 식자나 들었다는 게 건방져서 못쓰고 도무지 그래서 죄선 여자는 신식이고 구식이고 다아 제발이야요.

내지 여자가 참 좋지 머. 인물이 개개 일자로 이쁘겠다, 얌전하겠다, 상냥하겠다, 지식이 있어도 건방지지 않겠다, 좀이나 좋아!

그리고 내지 여자한테 장가만 드는 게 아니라 성명도 내지인 성명으로 갈고, 집도 내지인 집에서 살고, 옷도 내지 옷을 입고 밥도 내지식으로 먹고, 아이들도 내지인 이름을 지어서 내지인 학교에 보내고…….

내지인 학교래야지 죄선 학교는 너절해서 아이를 버려 놓기나 꼭 알맞지요.

그리고 나도 죄선 말은 싹 걷어치우고 국어만 쓰고요.

이렇게 다아 생활법식부터도 내지인처럼 해야만 돈도 내지인처럼 잘 모으게 되거든요.

내 이상이며 계획은 이래서 십만 원짜리 큰 부자가 바루 내다뵈고 그리루 난 길이 환하게 트이고 해서 나는 시방 열심으로 길을 가고 있는데, 글쎄 그 미쳐 살기 든 놈들이 세상 망쳐버릴 사회주의를 하려드니 내가 소름이 끼칠 게 아니라구요? 말만 들어도 끔찍하지!

세상이 망해서 뒤집히면 그래 나는 어쩌란 말인구? 아무것도 다아 허사가 될 테니 그런 억울할 데가 있드람?

머 참, 우리집 다이쇼 말이 일일이 지당해요.

여느 절도나 강도나 사기나 그런 죄는 도적이면 도적을 해가는 그 당장, 그 돈만 축을 내니까 오히려 죄가 가볍지만, 그놈의 것 사회주의인지 지랄인지는 온 세상을 뒤죽박죽을 만들어 놓고 나라를 통째로 소란하게 하니까 도저히 용서할 수가 없대요.

용서라니! 나 같으면 그런 놈들은 모조리 쓸어다가 마구 그저 그냥…….

그런 일을 생각하면 털어놓고 말이지 우리 아저씬가 그 양반도 여간

불측스리 뵈질 않아요. 사실 아주머니만 아니면 내가 무슨 천주학이라고, 나쁜 병까지 앓는 그 양반을 찾아다니나요. 죽는대도 코도 안 풀어 붙일걸.

그러나마 전자의 죄상을 다아 회개를 하고 못된 마음은 씻어 버렸을 제 말이지, 머 흰 개 꼬리 삼 년이라더냐, 종시 그 모양인걸요.

나는 사회주의 운동을 하는 아저씨가 밉살스럽다

그러니깐 그가 밉살머리스러워서, 더러 들렀다가 혹시 마주 앉아도 위정(일부러) 뼈끝 저린 소리나 내쏘아 주고 말을 따잡아가지굴랑 꼼짝 못하게시리 몰아세워 주군 하지요.

저번에도 한번 혼을 단단히 내주었지요. 아, 그랬더니 아주머니더러 한다는 소리가, 그 녀석 사람 버렸더라고, 아무짝에도 못쓰게 길이 들었더라고 그러더라나요.

내 원, 그 소리 듣고 하두 어처구니가 없어서!

대체 사람도 유만부동(비슷한 것이 많으나 서로 같지는 않음)이지, 그 아저씨가 날더러 사람 버렸느니 아무짝에도 못쓰게 길이 들었느니 하더라니, 원 입이 몇 개나 되면 그런 소리가 나오는 구멍도 있누?

죄선 벙어리가 다아 말을 해도 나 같으면 할 말 없겠더구먼서두, 하면 다아 말인 줄 아나 봐?

이를테면 그게 명색 훈계 비슷한 거렷다? 내게다가 맞대 놓고 그런 소리를 하다가는 되잡혀서 혼이 날 테니까 슬며시 아주머니더러 이르란 요량이던 게지?

기가 막혀서⋯⋯. 하느님이 사람의 콧구멍 두 개로 마련하기 참 다행이야.

글쎄 아무려면 내가 자기처럼 다아 공부는 못하고 남의 집 고조〔小僧 ; 나이 어린 점원〕 노릇으로, 반또〔番頭 ; 점장. 지배인〕 노릇으로 이렇게 굴러먹을 값이, 이래 보여도 표창을 두 번이나 받은 모범 점원이요, 남들이 똑똑하고 재주 있고 얌전하다고 칭찬이 놀랍고 앞길이 환히 트인 유망한 청년인데, 그래 자기 눈에는 내가 버린 놈이고 아무짝에도 못쓰게 길이 든 놈으로 보였단 말이지?

하하, 오옳지! 거 참 그렇겠군. 자기는 자기 하는 짓이 옳으니까, 남이 하는 짓은 다아 글렀단 말이렷다?

그러니까 나도 자기처럼 그놈의 것 사회주의인지 급살 맞을 것인지나 하다가 징역이나 살고 전과자나 되고 폐병이나 앓고 다아 그랬더라면 사람 버리지도 않고 아무짝에도 못쓰게 길든 놈도 아니고 그럴 뻔했군 그래!

흥! 참⋯⋯.

제 밑 구린 줄 모르고서 남더러 어쩌구저쩌구 한다는 게 꼭 우리 아저씨 그 양반을 두고 이른 말인가 봐.

그날도 실상 이랬더라우. 혼을 내주었더니 아주머니더러 그런 소리를 하더란 그날 말이요.

아저씨가 보는 잡지는 무슨 뜻인지 알 수가 없다

그날이 마침 내가 쉬는 날이길래 아주머니더러 할 이야기도 있고 해서 아침결에 좀 들렸더니, 아주머니는 남의 혼인집으로 바느질을 해 주러 갔다고 없고 아저씨 양반만 여전히 아랫목에 가서 드러누웠어요.

그런데 보니깐 어디서 모두 뒤져냈는지 머리맡에다가 헌 언문 잡지를 수북이 싸 놓고는 그걸 뒤져요.

그래 나도 심심삼아 한 권 집어 들고 떠들어 보았더니 머 읽을 맛이 나야지요.

대체 죄선 사람들은 잡지 하나를 해도 어찌 모두 그 꼬락서니로 해 놓는지.

사진도 없지요, 망가(漫畵 ; 만화)도 없지요.

그리구는 맨판 까탈스런 한문 글자로다가 처박아 놓으니 그걸 누구더러 보란 말인고?

더구나 우리 같은 놈은 언문도 그런대루 뜯어보기는 보아도 읽기에 여간만 폐롭지가 않아요.

그러니 어려운 언문하고 까다로운 한문하고를 섞어서 쓴 글을 뜻을 몰라 못 보지요. 언문으로만 쓴 것은 소설 나부랭이인데 읽기가 힘이 들 뿐 아니라 또 죄선 사람이 쓴 소설이란 건 재미가 있어야죠. 나는 죄선 신문이나 죄선 잡지하구는 담 쌓고 남 된 지 오랜걸요.

잡지야 머 『킹구』나 『쇼넹구라부』 덮어 먹을 잡지가 있나요. 참 좋아요.

한문 글자마다 가나(일본 문자)를 달아 놓았으니 어떤 대문을 척 펴 들어도 술술 내리읽고 뜻을 횅하니 알 수가 있지요.

그리고 어떤 대문을 읽어도 유익한 교훈이나 재미나는 소설이지요.

소설 참 재미있어요. 그중에도 기꾸지깡(菊池寬) 소설……. 어쩌면 그렇게도 아기자기하고도 달콤하고도 재미가 있는지. 그리고 요시카와

에이지〔吉川英治〕, 그의 소설은 진찐바라바라하는 지다이모노〔時代物 ; 시대물〕인데, 마구 어깻바람이 나구요.

 소설이 모두 그렇게 재미가 있지요, 망가가 많지요, 사진이 많지요, 그리구도 값은 좀 헐하나요. 십오 전이면 바루 고 전달치를 사 볼 수 있고 보고 나서는 오 전에 도루 파는데요.

 잡지도 기왕 하려거든 그렇게나 해야지, 죄선 사람들은 제엔장 큰소리는 곧잘 하더구만서두 잡지 하나 반반한 거 못 만들어 내니!

 그날도 글쎄 잡지가 그 꼴이라, 아예 글을 볼 멋도 없고 해서 혹시 망가나 사진이라도 있을까 하고 책장을 후루루 넹기느라니깐 마침 아저씨 이름이 있겠다요! 하두 신통해서 쓰윽 펴 들고 보았더니 제목이 첫 줄은 경제 · 사회…… 무엇 어쩌구 잔 주를 달아 놨겠지요.

 그것만 보아도 벌써 그럴듯해요. 경제는 아저씨가 대학교에서 경제를 배웠다니까 경제 속은 잘 알 것이고, 또 사회는, 그것 역시 사회주의를 했으니까 그 속도 잘 알 것이고, 그러니까 경제하고 사회주의하고 어떻게 서루 관계가 되는 것이며 어느 편이 옳다는 것이며 그런 소리를 썼을 게 분명해요.

 머, 보나 안 보나 빠안하지요. 대학교까지 가설랑 경제를 배우고도 돈 모을 생각은 않고서 사회주의만 하고 다닌 양반이라 경제가 그르고 사회주의가 옳다고 우겨댔을 게니까요.

 아무렇든 아저씨가 쓴 글이라는 게 신기해서 좀 보아 볼 양으로 쓰윽 훑어봤지요. 그러나 웬걸, 읽어 먹을 재주가 있나요.

 글자는 아주 어려운 자만 아니면 대강 알기는 알겠는데 붙여 보아야 대체 무슨 뜻인지를 알 수가 있어야지요.

경제는 돈을 모으는 것이고, 사회주의는 돈을 뺏는 것이다

속이 상하길래 읽어 보자던 건 작파하고서(어떤 계획이나 일을 중도에서 그만두어버림) 아저씨를 좀 따잡고 몰아셀 양으로 그 대목을 차악 펴 놨지요.

"아저씨?"

"왜 그러니?"

"아저씨가 여기다가 경제 무어라구 쓰구 또, 사회 무어라구 썼는데, 그러면 그게 경제를 하란 뜻이요, 사회주의를 하란 뜻이요?"

"뭐?"

못 알아듣고 뚜렷뚜렷해요(눈을 굴리며 자꾸 여기저기 살핌). 자기가 쓰고도 오래 돼서 다아 잊어버렸거나 혹시 내가 말을 너무 까다롭게 내기 때문에 섬뻑 대답이 안 나왔거나 그랬겠지요. 그래 다시 조곤조곤 따졌지요.

"아저씨! 경제란 것은 돈 모아서 부자 되라는 거 아니요? 그런데 사회주의라는 것은 모아 둔 부자 사람의 돈을 뺏어 쓰는 거 아니요?"

"이 애가 시방!"

"아니, 들어 보세요."

"너, 그런 경제학, 그런 사회주의 어디서 배웠니?"

"배우나마나, 경제란 것은 돈 많이 벌어서 애껴 쓰구 나머지 모아 두는 게 경제 아니요?"

"그건 보통, 경제한다는 뜻으로 쓰는 경제고, 경제학이니 경제적이니 하는 건 또 다르다."

"다른 게 무어요? 경제는, 돈 모으는 것이고 그러니까 경제학이면 돈 모으는 학문이지요."

"아니란다. 혹시 이재학(理財學, 재산을 관리하는 학문)이라면 돈 모으는 학문이라고 해도 근리(近理, 이치에 거의 맞음)할지 모르지만 경제학은 그런 게 아니란다."

"아니, 그렇다면 아저씨 대학교 잘못 다녔소. 경제 못하는 경제학 공부를 오 년이나 했으니 그거 무어란 말이요? 아저씨가 대학교까지 다니면서 경제 공부를 하구두 왜 돈을 못 모으나 했더니 인제 보니깐 공부를 잘못해서 그랬군요!"

"공부를 잘못했다? 허허. 그랬을는지도 모르겠다. 옳다 네 말이 옳아!"

이거 봐요 글쎄. 단박에 꼼짝 못하잖나. 암만 대학교를 다니고, 속에는 육조를 배포했어도 그렇다니깐 글쎄…….

"아저씨?"

"왜 그러니?"

"그러면 아저씨는 대학교를 다니면서 돈 모아 부자되는 경제 공부를 한 게 아니라 모아 둔 부자 사람네 돈 뺏어 쓰는 사회주의 공부를 했으니 말이지요……."

"너는 사회주의가 무얼루 알구서 그러니?"

"내가 그까짓 걸 몰라요?"

한바탕 주욱 설명을 했지요.

내 얼굴만 물끄러미 올려다보고 누웠더니 피쓱 한 번 웃어요. 그리고는 그 양반이 하는 소리겠다요.

"그게 사회주의냐? 부랑당이지."

"아니, 그럼 아저씨두 사회주의가 부랑당인 줄은 아시는구려?"

"내가 어째 사회주의가 부랑당이랬니?"

"방금 그러잖았어요?"

"글쎄, 그건 사회주의가 아니라 부랑당이란 그 말이다."

"거 보시우! 사회주의란 것은 그렇게 날부랑당이어요. 아저씨두 그렇다구 하면서 아니시래요?"

"이 애가 시방 입심 겨룸을 하재나!"

이거 봐요. 또 꼼짝 못하지요? 다아 이래요 글쎄…….

대학까지 공부한 아저씨는 나보다 세상물정을 모른다

"아저씨?"

"왜 그러니?"

"아저씨두 맘 달리 잡수시오."

"건 어떻게 하는 말이야?"

"걱정 안 되시우?"

"날 같은 사람이 걱정이 무슨 걱정이냐? 나는 네가 걱정이더라."

"나는 머 버젓하게 요량이 있는걸요."

"어떻게?"

"이만저만한가요!"

또 한바탕 주욱 설명을 했지요. 이야기를 다아 듣더니 그 양반 한다는 소리 좀 보아요.

"너두 딱한 사람이다!"

"왜요?"

"……."

"아니, 어째서 딱하다구 그러시우?"

"……."

"네? 아저씨."

"……."

"아저씨?"

"왜 그래?"

"내가 딱하다구 그러셨지요?"

"아니다. 나 혼자 한 말이다."

"그래두……."

"이 애!"

"네?"

"사람이란 것은 누구를 물론허구 말이다, 아첨하는 것같이 더러운 게 없느니라."

"아첨이요?"

"저 위로는 제왕, 밑으로는 걸인, 그 모든 사람이 위선 시방 이 제도의 이 세상에서 말이다, 제가끔 제 분수대루 살아가는 데 있어서 말이다, 제 개성을 속여 가면서꺼정 생활에다가 아첨하는 것같이 더러운 것이 없고, 그런 사람같이 가련한 사람은 없느니라. 사람이란 건 밥 두 그릇이 하필 밥 한 그릇보다 더 배가 부른 건 아니니까."

"그건 무슨 뜻인데요."

"네가 일본인 여자와 결혼을 해서 성명까지 갈고 모든 생활법도를 일본화하겠다는 것이 말이다."

"네, 그게 좋잖어요?"

"그것이 말이다. 진실로 깊은 교양이나 어진 지혜의 판단에서 우러나온 것이라면 그도 모를 노릇이겠지. 그렇지만 나는 보매, 네가 그런다는 것은 다른 뜻으로 그러는 것 같다."

"다른 뜻이라니요?"

"네 주인의 비위를 맞추고 이웃의 비위를 맞추고 하자고……."

"그야 물론이지요! 다이쇼의 신용을 받아야 하고 이웃 내지인들하구두 좋게 지내야지요. 그래야 할 게 아니겠어요?"

"……."

"아저씨는 아직두 세상물정을 모르시요. 나이는 나보담 많구 대학교 공부까지 했어도 일찌감치 고생살이를 한 나만큼 세상물정은 모릅니다. 시방이 어느 세상인데 그러시우?"

"이 애!"

"네?"

"네가 방금 세상물정이랬지?"

"네."

"앞길이 환하니 트였다구 그랬지?"

"네."

"환갑까지 십만 원 모은다구 그랬지?"

"네."

"네가 말하려는 세상물정하구 내가 말하려는 세상물정하구 내용이

다르기도 하지만, 세상물정이란 건 그야말로 그리 만만한 게 아니다."

"네?"

"사람이라는 것은 제아무리 날구 뛰어도 이 세상에 형적 없이 그러나 세차게 주욱 흘러가는 힘—그게 말하자면 세상물정이겠는데—결국 그것의 지배하에서 그것을 따라가지, 별수가 없는 거다."

"네?"

"쉽게 말하면 계획이나 기회를 아무리 억지루 만들어 놓아도 결과가 뜻대루는 안된단 말이다."

"젠장, 아저씨두……. 요전 『킹구』라는 잡지에두 보니까, 나폴레옹이라는 서양 영웅이 그랬답디다. 기회는 제가 만든다구. 그리고 불가능이란 말은 바보의 사전에서나 찾을 글자라구요. 아, 자꾸자꾸 계획하구 기회를 만들구 해서 분투 노력해 나가면 이 세상 일 안 되는 일이 어디 있나요? 한 번 실패하거든 갑절 용기를 내가지구 다시 일어서지요. 칠전팔기 모르시요?"

"나폴레옹도 세상물정에 순응할 때는 성공했어도 그것에 거슬리다가 실패를 했더란다. 너는 칠전팔기해서 성공한 몇 사람만 보았지, 여덟 번 일어섰다가 아홉 번째 가서 영영 쓰러지구는 다시 일지 못한 숱한 사람이 있는 건 모르는구나?"

"그래두 인제 두구 보시우. 나는 천하 없어두 성공하구 말 테니……. 아저씨는 그래서 더구나 못써요. 일 해보기두 전에 안 될 줄로 낙심 먼저 하구……."

"하늘은 꼭 올라가 보구래야만 높은 줄 아니?"

원 마지막 가서는 할 소리가 없으니깐 동에도 닿지 않는 비유를 가져다 둘러대는 걸 보아요. 그게 어디 당한 말인구? 안 올라가 보면 머 하늘 높은 줄 모를 천하 멍텅구리도 있을까? 그만해 두려다가 심심하길래 또 말을 시켰지요.

나는 경제적으로 무능력한 아저씨가 한심스럽다

"아저씨?"

"왜 그래?"

"아저씨는 인제 몸 다아 충실해지면 어떡허실려우?"

"무얼?"

"장차……."

"장차?"

"어떡허실 작정이세요?"

"작정이 새삼스럽게 무슨 작정이냐?"

"그럼 아저씨는 아무 작정 없이 살어가시우?"

"없기는?"

"있어요?"

"있잖구."

"무언데요?"

"그새 지내오던 대루……."

"그러면 저 거시키, 무엇이냐 도루 또 그걸……?"

"그렇겠지."

"아저씨?"

"……."

"아저씨?"

"왜 그래?"

"인제 그만두시우."

"그만두라구?"

"네."

"누가 심심소일루 그리는 줄 아느냐?"

"그러잖구요?"

"……."

"아저씨?"

"……."

"아저씨?"

"왜 그래?"

"아저씨 올에 몇이지요?"

"서른셋."

"그러니 인제는 그만큼 해 두고 맘 잡아서 집안일 할 나이두 아니요?"

"집안일을 해서 무얼 하나?"

"그러기루 들면 그 짓은 해서 또 무얼 하나요?"

"무얼 하려구 하는 게 아니란다."

"그럼, 아무 희망이나 목적이 없으면서 그래요?"

"목적? 희망?"

"네."

"개인의 목적이나 희망은 문제가 다르니까…… 문제가 안 되니까……"

"원, 그런 법도 있나요?"

"법?"

"그럼요!"

"법이라!……"

"아저씨?"

"……."

"아저씨"

"왜 그래?"

"아주머니가 고맙잖습디까?"

"고맙지."

"불쌍하지요?"

"불쌍? 그렇지, 불쌍하다면 불쌍한 사람이지!"

"그런 줄은 아시누만?"

"알지."

"알면서 그러시우?"

"고생을 낙으로, 그 쓰라린 맛을 씹고 씹고 하면서 그것에서 단맛을 알아내는 사람도 있느니라. 사람도 있는 게 아니라 사람마다 무슨 일에고 진정과 정신을 꼬박 거기다가만 쓰면 그렇게 되는 법이니라. 그러니까 그쯤 되면 그때는 고생이 낙이지. 너희 아주머니만 두고 보더래도 고생이 고생이면서도 고생이 아니고 고생하는 게 낙이란다."

"그렇다고 아저씨는 그걸 다행히만 여기시우?"

"아니."

"그렇거들랑 아저씨두 아주머니한테 그 은공을 더러는 갚어야 옳을 게 아니요?"

"글쎄, 은공을 모르는 건 아니지만……."

"그러니 인제 병이나 확실히 다아 나신 뒤엘라컨……."

"바빠서 원……."

글쎄 이 한다는 소리 좀 보지요? 시치미 뚜욱 떼고 누워서 바쁘다는군요!

사람 속 차릴 여망(남은 희망) 없어요. 그저 어디루 대나 손톱만치도 쓸모는 없고 남한테 사폐만 끼치고 세상에 해독만 끼칠 사람이니, 머 하루바삐 죽어야 해요. 죽어야 하고 또 죽어서 마땅해요. 그런데 글쎄 죽지를 않고 꼼지락꼼지락 도루 살아나니 성화라구는, 내…… .

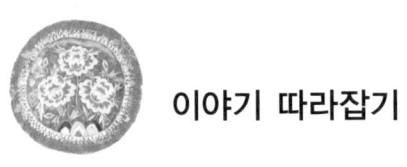 **이야기 따라잡기**

　아저씨는 대학교에서 경제학을 공부한 인물이다. 착한 아주머니를 친가로 쫓아내고 대학을 다니다가 학생 출신이라는 여자와 살림을 차리고 사회주의 운동을 하다가 감옥살이를 한다. 그후 5년 만에 풀려난 아저씨는 폐병 환자가 되었다.
　어질고 얌전한 아주머니는 근 20년 동안 남편을 기다리며 삯바느질, 품빨래 등을 해 근근히 살아간다. '나'가 소개시켜준 식모살이로 돈 백 원을 모아 살 집을 장만하고 감옥에서 나온 아저씨를 데려온다. 아픈 아저씨를 정성껏 간호하지만, 정작 아저씨는 자리에서 일어나 또 사회주의 운동을 하겠다고 말한다.
　'나'는 경제학을 공부했다는 아저씨가 이제는 정신을 차리고 돈을 벌어서 아주머니에게 은혜를 갚아야 한다고 생각한다. 사회주의를 남의 재산이나 뺏어 나누어 먹는 불한당의 짓이라고 여기고 있는 나는 사회주의를 다시 하겠다는 아저씨를 이해할 수가 없다.
　남편에게 버림받고도 다시 아저씨를 데려다 간호하며 어렵게 살고 있는 아주머니를 생각하여, 이제 그만 정신 좀 차리라고 아저씨에게 당부하지만 아저씨는 막무가내다. 오히려 일본인 주인의 눈에 들어 일본 여자에게 장가들어 잘살겠다는 '나'를 딱하다고 나무란다. '나'가 계속 설득하자 아저씨는 바빠서 할 수 없다는 말로 일축해버린다. 그런 아저씨를 보며 '나'는 쓸모는 없고 남한테 폐만 끼치는 사람은 하루 빨리 죽어야 한다고 생각한다.

 **쉽게 읽고 이해하기**

사회주의는 불한당?

「치숙」은 1938년 3월 『동아일보』에 연재되었던 단편소설이다. 일본 유학까지 다녀온 사회주의자 아저씨와 생계를 위해 남의 집 살림을 하는 아주머니의 이야기를 1인칭 관찰자 시점으로 서술하고 있다. 이야기를 이끌어 나가는 서술자인 '나'는 고아로 아주머니가 어려서부터 길러주었고, 그 은혜를 갚기 위해 지금은 아주머니에게 일자리를 소개하는 등 아주머니를 도와주고 있다. 그런 '나'가 보기에 아저씨는 철없는 어른이다. 아저씨는 대학에서 경제학을 공부했음에도 불구하고 돈을 번 적이 없으며 집에서 재미없는 잡지나 보며 집안의 생계를 위해서는 아무것도 하지 않는다. 그런 아저씨가 사회주의를 주장하고 있으니 당연히 '나'에게는 사회주의가 부정적으로 인식될 수밖에 없다.

일본의 식민지 정책은 조선을 식량 원료 공급지이자 상품시장으로서 활용하는 것이었다. 따라서 기본적 원료를 생산하기 위해 공업은 기본적인 1차 생산만 주로 다루게 하였고, 식량을 공급받기 위해 수탈을 일삼았다. 식민지 기간이 길어지고 전쟁이 길어지자 수탈의 강도도 점점 심해

졌으며, 농민과 노동자 계급은 파산하기에 이르렀다. 참다못한 농민과 노동자들은 분쟁(농민쟁의, 노동쟁의)을 일으키게 되고, 파업과 반일시위운동은 극에 달해 일본은 더욱 강압적인 식민지 정책을 내세우게 된다. 이러한 과정에서 개인주의보다는 사회적 안정을 추구하고, 지도자보다는 노동자를 중시하는 사회주의 사상이 대두된 것은 당연한 결과였다.

사회주의란 자본주의에 반대하는 사회사상가들에 의해 생겨난 개념으로 19세기 경제적 공항, 실업난, 빈곤의 증대, 빈익빈부익부 현상 등의 원인을 자본주의에서 추구하는 경제적 개인주의에 있다고 보고 이를 극복하기 위해서는 생산수단을 함께 소유(사회적 소유)하고 서로 협력하는 체제를 세워야 한다고 주장한다. 따라서 개인보다는 공동체적 입장을 우선시하고, 경쟁보다는 협력을, 그리고 지도자보다는 노동자를 중시한다.

그러나 이미 막대한 자본을 소유하고 있는 강자의 입장에서 보면 사회주의는 불한당이다. 자본주의 사회에서는 막대한 자본을 투자하여 막대한 이윤을 남기는 것이 가능하지만 사회주의는 투자와 이윤이 개인이 아닌 사회 공동체의 것으로 본다. 따라서 식민지를 지배하고 있는 강자, '나'의 주인인 일본인 입장에서는 당연히 사회주의는 나쁜 것, 배척해야 하는 것, 불한당 같은 것이다. 아무것도 가진 게 없는 아저씨가 돈 벌 생각은 안하고 부자의 돈을 나누어 쓸 생각만 한다고 생각한다.

이 작품에서는 사회주의를 한다는 아저씨의 모습도 풍자의 대상이다. 사회주의에 대한 긍정적인 인식을 가질 수 있도록 하는 어떠한 요소도 없다. 아저씨가 하는 사회주의란 버렸던 아내가 벌어주는 돈으로 먹고, 자고, 책을 사 공부하는 것이다. 즉 경제를 공부했으면서 돈을 벌지 못하고, 사회주의를 한다면서 아내를 착취하고 있는 아저씨의 태도는 모순일 수밖에 없다. 이 소설은 식민지 정책으로 인한 부조리한 현실과 모순을 '나'의 시각과 '아저씨'의 행동을 통해 풍자적으로 그려내고 있다.

나라보다는 돈

'나'의 꿈은 일본인이 되는 것이다. 일본인 주인처럼 부유해져서 일본 여자를 만나 결혼하고 일본인처럼 이름도 바꾸고 아이들도 일본인 학교에 보내고 모든 생활법도를 일본인처럼 바꾸는 것이다. 다시 말해 '나라'와 '민족'보다는 개인의 안정된 삶을 중요시한다. 채만식의 소설에서 많이 등장하는 것 중 하나가 바로 아무것도 해준 것 없는 '국가'다. 인물들은 '국가'에 대한 애정이 없다.「치숙」의 '나' 역시 '국가'에 대한 어떠한 애정도 없다. 그래서 일본이 우리의 주권을 빼앗든지 말든지 일본인이 되고 싶어한다. 이것은 일본인에 의한 억압이나 고통에서 벗어나기 위한 것이 아니다. 일본인이 되고 싶은 이유는 부유해지기 위해서이다. 이 소설에서 '나'는 일본인에 대해 적대적인 감정을 전혀 가지고 있지 않다. 오히려 일본인처럼 사는 방식이 출세의 길이라고 생각하고 있다. '나'는 일본이란 '국가'에 대해 애정을 가진 것이 아니라 오로지 물질만능주의적 사고방식에서 일본인이 되고 싶어하는 것이다. 이러한 모습은 당시 전향을 했던 사람들의 모습을 대변한다. 그러나 이러한 결정은 일본에 대한 애정이 아니라 생존을 위한, 또는 물질만능주의적 사고에 의한 것으로 그려 풍자적으로 비판하고 있다.

「논 이야기」(『해방문학선집』, 1946)는

광복 직후의 농촌의 현실을 그린 단편소설로,

일제 강점기부터

광복 후 궁핍했던

농촌의 문제를 사실주의적으로 묘사하고 있다.

논 이야기

"논 보러가, 논.
길천이게다 판 우리 논.
흐흐흐, 서른다섯 해 만에 도루 찾은,
우리 일곱 마지기 논, 흐흐흐."

등장인물

한덕문(한생원) 가난한 조선 농민. 빚으로 인해 일본인 사채업자 길천에게 땅을 판다. 8·15 광복이 되어 일본인들이 도망가면 도로 찾을 수 있을 거라 생각한다.

송생원 한생원의 동료 농민. 한생원이 땅을 판 것을 부정적으로 생각한다.

길천 일본인 사채업자. 조선 농민들을 대상으로 토지를 매입하며 무자비하게 사채이자를 받았다. 8·15 광복과 함께 일본으로 도망간다.

논 이야기

1

광복소식을 들은 한생원은 우쭐해진다

 일인들이 토지와 그밖에 온갖 재산을 죄다 그대로 내어 놓고, 보따리 하나에 몸만 쫓기어 가게 되었다는 이야기를 듣는 한생원은 어깨가 우쭐하였다.
 "거 보슈 송생원, 인전 들, 내 생각 나시지?"
 한생원은 허연 텁석부리에 묻힌 쪼글쪼글한 얼굴이 위아래 다섯 대밖에 안 남은 누런 이빨과 함께 흐물흐물 웃는다.
 "그러면 그렇지, 글쎄 놈들이 제아무리 영악하기로소니 논에다 네 귀탱이 말뚝 박구섬 인도깨비처럼, 어여차 어여차, 땅을 떠가지구 갈 재주야 있을 이치가 있나요?"
 한생원은 참으로 일본이 항복을 하였고, 조선은 독립이 되었다는 그날—팔월 십오일 적보다도 신이 나는 소식이었다. 자기가 한 말(예언)이 꿈결같이도 이렇게 와 들어맞다니…… 그리고 자기가 한 말대로,

자기가 일인에게 팔아넘긴 땅이 꿈결같이도 도로 자기의 것이 되게 되었으니…… 이런 세상에 신기하고 희한할 도리라고는 없었다.

조선이 독립이 되었다는 팔월 십오일, 그때는 한생원은 섬뻑 만세를 부르고 싶은 생각이 나지 않았어도, 이번에는 저절로 만세 소리가 나와지려고 하였다.

팔월 십오일 적에 마을에서는 젊은 사람들이 설도(설두. 앞장서서 일을 주선함)를 하여 태극기를 만들고, 닭을 추렴(여럿이 각각 얼마씩의 돈을 내어 거둠)하고, 술을 사고 하여 놓고 조촐히 만세를 불렀다.

한생원은 그 자리에 참례를 하지 아니하였다. 남들이 가서 같이 만세를 부르자고 하였으나 한생원은 조선이 독립이 되었다는 것이 별양 반가운 줄을 모르겠었다. 그저 덤덤할 뿐이었다.

물론 일본이 항복을 하였으니 전쟁은 끝이 난 것이요, 전쟁이 끝이 났으니 벼 공출을 비롯하여 솔뿌리 공출이야, 마초 공출이야, 채소 공출이야, 가지가지의 그 억울하고 성가신 공출이 없어지고 말 것이었다.

또 열여덟 살배기 손자놈 용길이가 징용에 뽑혀 나갈 염려가 없을 터이었다. 얼마나 한생원은, 일찍이 아비를 여의고, 늙은 손으로 여태껏 길러 온 외톨 손자놈 용길이가 징용에 뽑히지 말게 하려고, 구장과 면의 노무계 직원과, 부락 담당 직원에게 굽은 허리를 굽실거리며 건사를 물고 하였던고. 굶는 끼니를 더 굶어가면서 그들에게 쌀을 보내어 주기, 그들이 마을에 얼씬하면 부랴부랴 청해다 씨암탉 잡고 술 대접하기, 한참 농사일이 몰릴 때라도, 내 농사는 손이 늦어도 용길이를 시켜 그들의 논에 모 심고 김 매어 주고 하기. 이 노릇에 흰머리가 도로 검어질 지경이요, 빚은 고패가 넘도록 지고 하였다.

하던 것이 인제는 전쟁이 끝이 났으니, 징용 이자는 싹 씻은 듯 없어질 것. 마음 턱 놓고 두 발 쭉 뻗고 잠을 자도 좋았다.

이런 일을 생각하면 한생원도 미상불(아닌 게 아니라) 다행스럽지 아니한 것은 아니었다. 그러나 오직 그뿐이었다.

한생원은 나라를 빼앗기기 전에 고을 원에게도 땅을 빼앗겼었다

독립?

신통할 것이 없었다.

독립이 되기로서니, 가난뱅이 농투성이('농부'를 얕잡아 이르는 말)가 별안간 나으리 주사 될 리 만무하였다. 가난뱅이 농투성이가 남의 세토(貰土, 소작) 얻어 비지땀 흘려 가면서 일 년 농사 지어 절반도 넘는 도지(소작료) 물고, 나머지로 굶으며 먹으며 연명이나 하여 가기는 독립이 되거나 말거나 매양 일반일 터이었다.

공출이야 징용이야 하여서 살기가 더럭 어려워지기는, 전쟁이 나면서부터였다. 전쟁이 나기 전에는 일 년 농사 지어 작정한 도지, 실수 않고 물면 모자라나마나 아무 시비와 성가심 없이 내 것 삼아 놓고 먹을 수가 있었다.

징용도 전쟁이 나기 전에는 없던 풍토였다. 마음 놓고 일을 하였고, 그것으로써 그만이었지, 달리는 근심 걱정 될 것이 없었다.

전쟁 사품(어떤 동작이나 일이 진행되는 바람이나 곁)에 생겨난 공출이니 징용이니 하는 것이 전쟁이 끝이 남으로써 없어진 다음에야 독립이 되기 전 일본 정치 밑에서도 남의 세토 얻어 도지 물고 나머지나 천신하는 가난뱅이 농투성이에서 벗어날 것이 없을진대, 한갓 전쟁이 끝이 나서 공출과 징용이 없어진 것이 다행일 따름이지, 독립이 되었다고 만세를 부르며 날뛰고 할 흥이 한생원으로는 나는 것이 없었다.

일인에게 빼앗겼던 나라를 도로 찾고, 그래서 우리도 다시 나라가 있게 되었다는 이 잔주(술이 취해 늘어놓는 잔말)도, 역시 한생원에게는 시뿌듬한 것이었다. 한생원은 나라를 도로 찾는다는 것은 구한국 시절로 다시 돌아가는 것으로밖에는 달리는 생각할 수가 없었다.

한생원네는 한생원의 아버지의 부지런으로 장만한 열서 마지기와 일곱 마지기의 두 자리 논이 있었다. 선대의 유업도 아니요, 공문서(公文書, 무등기) 땅을 거저 주운 것도 아니요, 버젓이 값을 내고 산 것이었다. 하되 그 돈은 체계나 돈놀이(고리대금업)로 모은 돈이 아니요, 품삯 받아 푼푼이 모으고 악의악식(너절하고 조잡한 옷을 입고 맛없는 음식을 먹음. 또는 그 옷이나 음식)하면서 모은 돈이었다. 피와 땀이 어린 땅이었다.

그 피땀 어린 논 두 자리에서 열서 마지기를 한생원네는 산 지 겨우 오 년 만에 고을 원(군수)에게 빼앗겨 버렸다.

지금으로부터 오십 년 전, 갑오 을미 병신 하는 병신(丙申)년 한생원의 나이 스물한 살 적이었다.

그 안 해 을미년 늦은 가을에 김아무(金某)라는 원이 동학란에 도망뺀 원 대신으로 새로이 도임을 해 와서, 동학의 잔당을 비질하듯 잡아 죽였다.

피비린내 나는 살육이 이듬해 병신년 봄까지 계속되었고, 그리고 여름⋯⋯. 인제는 다 지났거니 하여 겨우 안도를 한 참인데, 한태수(한생원의 아버지)가 원두막에서 동헌으로 붙잡혀 가 옥에 갇히었다. 혐의는 동학에 가담하였다는 것이었다.

한태수는 전혀 동학에 가담한 일이 없었다. 그의 말대로 하면, 동학 근처에도 가보지 아니한 사람이었다.

옥에 가두어 놓고는 매일 끌어내다 실토를 하라고, 동류의 성명을 불라고, 주리를 틀면서 문초를 하였다. 육십이 넘은 늙은 정강이가 살이 으깨어지고 뼈가 아스러졌다.

나중 가서야 어찌 될 값에, 당장의 아픔을 견디다 못하여 동학에 가담하였노라고 자복을 하였다. 입에서 나오는 대로 아는 사람의 이름을 불렀다.

불린 일곱 사람이 잡혀 들어와 같은 문초를 받았다. 처음에는 들 내뻗었으나 원체 아픔을 이기지 못하여 자복을 하였다.

남은 것은 처형을 하는 것뿐이었다.

하루는 이방이, 한태수의 아내와 아들(한생원)을 조용히 불렀다.

이방은 모자더러, 좌우간 살려 낼 도리를 하여야 않느냐고 하였다.

모자는 엎드려 빌면서, 제발 이방님 덕택에 목숨만 살려지이다고 하였다.

"꼭 한 가지 묘책이 있기는 있는데…… 그럼 내가 시키는 대로 할테냐?"

"불 속이라도 뛰어 들어 가겠습니다."

"논문서를 가져오느라. 사또께다 바쳐라."

"논문서를요?"

"아까우냐?"

"……."

"가장이나 애비의 목숨보담 논이 더 소중하냐?"

"그 땅이 다른 땅과도 달라서……."

"정히 그렇게 아깝거던 고만두는 것이고."

"논문서만 가져다 바치면 정녕 모면을 할까요?"

"아니 될 노릇을 시킬까?"

"그럼 이 길로 나가서 가지고 오겠습니다."

"밤에 조용히 내아(內衙, 관사)로 오도록 하여라. 나도 와서 있을 테니. 그리고 네 논이 두 자리가 있겠다?"

"네."

"열서 마지기와 일곱 마지기."

"네."

"그 열서 마지기를 가지고 오느라."

"열서 마지기를요?"

"아까우냐?"

"……."

"아깝거들랑 고만 두려무나."

"그걸 바치고 나면 소인네는 논 겨우 일곱 마지기를 가지고 수다한 권솔(한집에 거느리고 사는 식구)에 살아 갈 방도가……."

"당장 가장이나 애비의 목숨은 어데로 갔던지?"

"……."

"땅이야 다시 장만도 할 수가 있는 것이 아니냐?"

모자는 서로 돌아보면서 말하였다.

"바칩시다."

"바치자."

사흘 만에 한태수는 놓여나왔다. 다른 일곱 명도 이방이 각기 사이에 들어, 각기 얼마씩의 땅을 바치고 놓여나왔다.

땅을 빼앗겼던 한생원은 나라 잃은 것이 아쉬울 것 없다

그 뒤 경술(庚戌)년에 일본이 조선을 합방하여 나라는 망하였다.

사람들이 나라 망한 것을 원통히 여길 때, 한생원은,

"그깐 놈의 나라, 시원히 잘 망했지."

하였다. 한생원 같은 사람으로는 나라란 백성에게 고통이지, 하나도 고마운 것이 아니었다. 또 꼭 있어야 할 요긴한 것도 아니었다.

그런 나라라는 것을 도로 찾았다고 하여, 섬뻑 감격이 일지 아니한 것도 일변 의당한 노릇이라 할 것이었다.

논 스무 마지기에서 열서 마지기를 빼앗기고 나니, 원통한 것도 원통한 것이지만, 앞으로 일이 딱하였다. 논이나 겨우 일곱 마지기를 가지고는 어림도 없었다.

하릴없이 남의 세토를 얻어 그 보충을 하여야 하였다. 그러나 남의 세토는 도지를 물어야 하는 것이라, 힘은 내 논을 지을 때와 마찬가지로 들면서도 가을에 가서 차지를 하기는 절반이 못 되는 것이었다. 그렇지만 그렇다고 남의 세토를 소작 아니할 수는 없었다.

이리하여 한생원네는 나라 명색이 망하지 않고 내 나라로 있을 적부터 가난한 소작농이었다.

경술년 나라가 망하고 삼십육 년 동안 일본의 다스림 밑에서도 같은 가난한 소작농이었다.

그리고 속담에 남의 불에 게 잡기로, 남의 덕에 나라를 도로 찾기는 하였다지만 한국 말년의 나라만을 여겨 그 나라가 오죽할 리 없고, 여전히 남의 세토나 지어 먹는 가난한 소작농이기는 일반일 것이라고 한 생원은 생각하던 것이었다.

일본이 항복을 하던 바로 전의 삼사 년에, 공출이야 징용이야 하면서 별안간 군색함과 불안이 생겼던 것이지, 그 밖에는 나라가 망하여 없어지고서 일본의 속국 백성으로 사는 것이, 경술년 이전 나라가 있어 가지고 조선 백성으로 살 적보다 별양 못할 것이 한생원에게는 없었다. 여전히 남의 세토를 지어, 절반 이상이나 도지를 물고 그 나머지를 천신(철따라 새로 난 농산물 등을 먼저 신 앞에 올리는 일. 여기서는 '공출'을 의미)하는 가난한 소작인이요, 순사나 일인이나 면서기들의 교만과 압박보다 못할 것도 없거니와 더할 것도 없었다.

독립이 된 이 앞으로도, 그것이 천지개벽이 아닌 이상, 가난한 농투성이가 느닷없이 부자장자 될 이치가 없는 것이요, 원·아전·토반(여러 대를 이어 그 지방에 계속 사는 양반)이나 일본놈 대신에, 만만하고 가난한 농투성이를 핍박하는 '권세 있는 양반들'이 생겨날 것이요 할 것이매, 빼앗겼던 나라를 도로 찾아 다시금 조선 백성이 되었다는 것이 조금도 신통하거나 반가울 것이 없었다.

원과 토반과 아전이 있어, 토색질(돈이나 물건 등을 억지로 달라고 하는 짓)이나 하고 붙잡아다 때리기나 하고 교만이나 피우고, 하되 세미(稅米, 납세)는 국가의 이름으로 꼬박꼬박 받아가면서 백성은 죽어야 모른 체를 하고 하는 나라의 백성으로도 살아 보았다.

천하 오랑캐, 애비와 자식이 맞담배질을 하고, 남매간에 혼인을 하고, 뱀을 먹고 하는 왜인들이, 저희가 주인이랍시고서 교만을 부리고, 순사와 헌병은 칼바람에 조선 사람을 개 도야지 대접을 하고, 공출을 내어라 징용을 나가거라 야미(뒷거래)를 하지 마라 하면서 볶아 대고, 또 일본이 우리나라다, 나는 일본 백성이다, 이런 도무지 그럴 마음이 우러나지를 않는 억지 춘향이 노릇을 시키고 하는 나라의 백성으로도 살아 보았다.

결국 그러고 보니 나라라고 하는 것은 내 나라였건 남의 나라였건 있었댔자 백성에게 고통이나 주자는 것이지, 유익하고 고마울 것은 조금도 없는 물건이었다. 따라서 앞으로도 새 나라는 말고 더한 것이라도, 있어서 요긴할 것도, 없어서 아쉬울 일도 없을 것이었다.

2

한생원은 남은 논을 팔기로 결심한다

신해(辛亥)년…… 경술합방 바로 이듬해였다. 한생원―때의 젊은 한덕문―은 빼앗기고 남은 논 일곱 마지기를 불가불 팔아야 할 형편에 이르렀다.

칠팔 명이나 되는 권솔인데, 내 논 일곱 마지기에다 남의 논이나 몇 마지기를 소작하여 가지고는 여간한 규모와 악의악식이 아니고서는 도저히 현상 유지를 하기가 어려웠다.

한덕문은 그 부친과는 달라 살림 규모가 없었다. 사람이 좀 허황하고 헤픈 편이었다.

　부친 한태수가 죽고, 대신 당가산(當家産, 집안의 재산을 맡음)을 한 지 불과 오륙 년에 한덕문은 힘에 넘치는 빚을 졌다.

　이 빚은 단순히 살림에 보태느라고만 진 빚은 아니었다.

　한덕문은 허황하고 헤픈 값을 하느라고, 술과 노름을 쏠쏠히 좋아하였다.

　일 년 농사를 지어야 일 년 가계가 번연히 모자라는데, 거기다 술을 먹고 노름을 하니 늘어 가느니 빚밖에는 있을 것이 없었다.

　빚은 갚아야 되었다.

　팔 것이라고는 논 일곱 마지기 그것뿐이었다.

　한덕문이 빚을 이리 틀어막고 저리 틀어막고, 오늘로 밀고 내일로 밀고 하여 오던 끝에, 마침내는 더 꼼짝을 할 도리가 없어 논을 팔기로 작정을 대었을 무렵에, 그러자 용말(龍田; 룡전) 사는 일인 길천(吉川, よしかわ; 요시카와)이가 요새로 바싹 땅을 많이 사들인다는 소문이 들리었다. 그리고 값으로 말하여도, 썩 좋은 상답(토질이 좋은 논)이면 한 마지기(200평)에 스무 냥으로 스물닷 냥(4원~5원)까지 내고, 아주 박토라도 열 냥(2원) 안짝은 없다고 하였다.

　땅마지기나 가진 인근의 다른 농민들도 다들 그러하였지만, 한덕문은 그중에서도 귀가 반짝 뜨였다.

　시세의 갑절이었다.

　고래실논(고래실. 바닥이 깊고 물길이 좋아 기름진 논)으로, 개똥배미 상지상답이라야 한 마지기에 열 냥으로 열두어 냥(2원~2원 45전)이요, 땅 나쁜 것은 기지개 써야 닷 냥(1원)이었다.

'팔자!'

한덕문은 작정을 하였다.

일곱 마지기 논이 상지상답은 못 되어도 상답은 되니, 잘하면 열 냥은 받을 것. 열 냥이면 이 칠 십사 일백마흔 냥(28원).

빚이 이럭저럭 한 오십 냥(10원) 되니, 그것을 갚고 나면 아흔 냥(18원)이 남아. 아흔 냥을 가지고 도로 논을 장만해. 판 일곱 마지기만 한 토리(메마르거나 기름진 흙)의 논을 사더라도 아홉 마지기를 살 수가 있어.

결국 논 한 번 팔고 사고 하는 노름에, 빚 오십 냥 거저 갚고도 논은 두 마지기가 늘어 아홉 마지기가 생기는 판이 아니냐.

이런 어수룩한 노름을 아니하잘 며리(이유)가 없는 것이었다.

양친은 이미 다 없는 때요, 한덕문 그가 대주(大主, 호주)였으므로, 혼자서 일을 결단하여도 간섭을 받을 일은 없었다.

일본인 길천이는 땅을 비싼 값에 사들인다

곡우(穀雨, 봄비가 내려서 온갖 곡식이 윤택해지는 절기. 4월 20일경) 머리의 어느 날 한덕문은 맨발 짚신 풀상투에 삿갓 쓰고 곰방대 물고, 마을에서 십 리 상거(떨어진 거리)의 용말 출입을 나갔다. 일인 길천이가 적실히 그렇게 후한 값으로 논을 사는지, 진가를 알아보자 함이었다.

금강(錦江) 어구의 항구 군산(群山)에서 시작되어 동북간방(東北間方)으로 임피읍(臨陂邑)을 지나 용말로 나온 행길이, 용말 동쪽 변두리에서 솜리(裡里 ; 이리)로 가는 길과 황등장터(黃登市 ; 황등시)로 가는 길의 두 갈랫길로 갈리는, 그 샅에가 전주집이라는 주모가 업을 하고 있는 주막이 오도카니 홀로 놓여 있었다.

한덕문은 전주집과는 생소치 아니한 사이였다.

마당이자 바로 행길인, 그 마당 앞에 섰는 한 그루의 실버들이 한창 푸르른 전주집네 주막, 살진 봄볕이 드리운 마루에 나란히 걸터앉아 세상물정 이야기, 피차간 살아가는 이야기, 훨씬 한담을 하던 끝에 한덕문이 지난 말처럼 넌지시 물었다.

"참, 저, 일인 길천이가 요새 땅을 많이 산다구?"

"많얼 께 아니라, 그 녀석이 아마, 이 근처 일판을, 땅이라구 생긴 건 깡그리 쓸어 사자는 배폰가 봅디다!"

"헷소문은 아니루구면?"

"달리 큰 배포가 있던지, 그렇쟎으면 그녀석이 상성(발광)을 했던지."

"……?"

"한서방 어른두 속내 아는 배, 이 근처 논이 물 걱정 가뭄 걱정 없구, 한 마지기에 넉 섬은 먹는 논이라야 열 냥이 상값 아니우? 그런 걸 글쎄, 녀석은 스무 냥 스물댓 냥을 퍼주구 사는구랴. 제마석(1두락에 1석 ; 1마지기에 1석) 두 못 먹는 자갈 바탕의 박토라두, 논 명색이면 열 냥 안짝 잽히는 건 없구."

"허긴, 값이나 그렇게 월등히 많이 내야 일인한테 논을 팔지, 그렇쟎구서야 누가."

"제엔장, 나두 진작에 논이나 시늉만 생긴 거라두 몇 섬지기 장만해 두었드라면 이런 판에 큰 횡잴 했지."

"그래, 많이들 와 파나?"

"대가릴 싸구 덤벼든답디다. 한서방 어른두 논 좀 파시구랴? 이런 때

안 팔구, 언제 팔우?"

"팔 논이 있나!"

이유와 조건의 어떠함을 물론하고, 농민이 논을 판다는 것은 남의 앞에 심히 떳떳스럽지 못한 일이었다. 번연히 내일 모레면 다 알게 될 값이라도, 되도록 그런 기색을 숨기려고 드는 것이 통성이었다.

뚜벅뚜벅 말굽 소리가 나더니, 말 탄 길천이가 주막 앞을 지난다. 언제나 그러하듯이, 깜장 됫박모자〔중산모자〕에 깜장 복장〔양복 ; 쓰메에리〕을 입고, 깜장 목 깊은 구두를 신고, 허리에는 육혈포(6연발 권총)를 차고 하였다.

한덕문은 길에서 몇 차례 본 적이 있어 그가 길천인 줄을 안다.

"어디 갔다 와요?"

전주집이 웃으면서 알은 체를 하는 것을, 길천은 웃지도 않으면서,

"웅, 조기. 우리, 나쁜 사레미 자바리 갔소 왔소."

길천이 차인꾼이요 통역꾼이요 한 백남술이가 밧줄로 결박을 지은 촌 젊은 사람 하나를 앞참 세우고 뒤미처 나타났다.

죄수(?)는 상투가 풀어지고 발기발기 찢긴 옷과 면상으로 피가 묻고 한 것으로 보아 한바탕 늑신 두들겨 맞은 것이 역력하였다.

"어디 갔다 오시우?"

전주집이 이번에는 백남술더러 인사로 묻는다.

백남술은 분연히,

"남의 돈 집어먹구 도망 댕기는 놈은 죽어 싸지."

하면서 죄수에게 잔뜩 눈을 흘긴다.

그리고 나서 전주집더러,

"댕겨 오께시니, 닭이나 한 마리 잡구 해놓게나. 놈을 붙잡느라구 한 승강 했더니 목이 컬컬허이."

그느라고 잠깐 한눈을 파는 순간이었다. 죄수가 밧줄 한끝 붙잡힌 것을 홱 뿌리치면서 몸을 날려 쏜살같이 오던 길로 내뺀다.

"엇!"

백남술이 병신처럼 놀라다 이내 죄수의 뒤를 쫓는다.

길천의 탄 말이 두 앞발을 번쩍 들어 머리를 돌리면서 땅을 차고 달린다. 그러면서 길천의 손에서 육혈포가 땅…… 풀씬 연기가 나면서 재우쳐 땅…….

죄수는 그러나 첫 한 방에 그대로 길바닥에 가 동그라진다. 같은 순간 버선발로 뛰어 내려간 전주집이 에구머니 비명을 지른다.

죄수는 백남술에게 박승(죄인을 잡아 묶는 노끈) 한끝을 다시 붙잡히어 일어난다. 길천은 피스톨 사격의 명인(名人)은 아니었다. 그보다도 엄포의 사격이었기가 쉬웠을 것이다.

일인에게 빚을 쓰는 것을 왜채(倭債)라고 하고, 이 젊은 친구는 왜채를 쓰고서 갚지 아니하고 몸을 피해 다니다가 붙잡힌 사람이었다.

길천은 백남술이가,

'이 사람은 논이 몇 마지기가 있소.'

하고 조사 보고를 하면, 서슴지 아니하고 왜채를 주곤 한다. 이자도 항용(항상) 체계나 장변(장에서 꾸는 돈의 이자)보다 헐하였다.

빚을 주는 데는 무른 것 같아도, 받는 데는 무서웠다.

기한이 지나기를 기다려, 채무자를 제 집으로 데려다 감금을 하고, 사형(私刑)으로써 빚 채근을 하였다.

부형이나 처자가 돈을 가지고 와서 빚을 갚는 날까지 감금과 사형을 늦추지 아니하였다.

논문서를 가지고 오는 자리는 '우대'를 하였다. 이자를 탕감하고 본전만 쳐서 논으로 받는 것이었다. 논이 있는 사람은, 돈을 두어 두고도 즐기어 논으로 갚고 하였다.

한덕문은 다시 끌려가고 있는 죄수의 뒷모양을 우두커니 바라보면서,

'제엔장, 양반 호랑이도 지질한데, 우환 중에 왜놈 호랑이까지 들어와서 이 등쌀이니, 갈수록 죽어나는 건 만만한 백성뿐이로구나.'

'쯧, 번연히 알면서 왜채를 쓰는 사람이 잘못이지, 누구를 원망하나.'

'참새가 방앗간을 거저 지날까. 이왕 외상술이라도 한잔 먹고 일어설까, 어떡헐까?'

이런 생각을 하고 앉았는 차에, 생각지 않은, 외가 편으로 아저씨뻘 되는 윤첨지가 퍼뜩 거기에 당도하였다. 윤첨지는 황등장터에서 제 논 섬지기나 지니고 탁신히 사는 농민이었다.

아저씨 웬일이시냐고, 조카 잘 있었느냐고, 항용 하는 인사가 끝난 후에, 이 동네 사는 길천이라는 일인이 값을 후히 내고 땅을 사들인다는 소문이 있으니 적실하냐고 아까 한덕문이 전주집더러 묻던 말을 윤첨지가 한덕문더러 물었다.

그렇단다는 한덕문의 대답에, 윤첨지는 이윽고 생각을 하고 있더니 혼잣말같이,

"그럼 나두 이왕 궐(厥, '그'를 낮잡아 이르는 말)한테나 팔아야 하겠군."

하다가 한덕문더러,

"황등이까지 가서두 살까? 예서 이십 리나 되는데."

하고 묻는다.

"글쎄요…… 건데 논은 어째 파실 영으루?"

"허, 그거 온 참 …… 저어 공주 한밭(大田 ; 대전)서 무안 목포(木浦)루 철로(鐵路)가 새루 나는데, 그것이 계룡산(鷄龍山) 앞을 지나 연산(連山)·팥거리(豆溪 ; 두계)루 해서 논메(論山 ; 논산)·강경(江景)으루 나와 가지구, 황등장터를 지나게 된다네 그려."

"그런데요?"

"그런데 철로가 난다 치면 그 십 리 안짝은 논을 죄 버리게 된다는 거야."

"어째서요?"

"차가 댕기는 바람에 땅이 울려 가지구 모를 심어두 뿌릴 제대루 잡지 못하구 해서, 벼가 자라질 못한다네 그려!"

"무슨 그럴 리가……"

"건 조카가 속을 몰라 하는 소리지. 속을 몰라 하는 소린 것이, 나두 작년 정월에 공주 한밭엘 갔다, 그놈 차가 철로 위로 달리는 걸 구경했지만, 아 그 쇳덩이루 만든 집채더미 같은 시꺼먼 수레가 찻길 위루 벼락치듯 달리는데, 땅바닥이 사뭇 움죽움죽 하드라니깐! 여승 지동(지진)이야…… 그러니, 땅이 그렇게 지동하듯 사철 들이 울리니, 근처 논의 모가 뿌리를 잡을 것이며, 자라기를 할 것인가?"

"……"

들고 보니 미상불 근리한(이치에 거의 맞음) 말이었다.

"몰랐으면이어니와 알구두 그대루 있겠던가? 그래 좀 덜 받더래두 팔아넘길 영으루 하구 있는데, 소문을 들으니 길천이라는 손이 요새

값을 시세보담 갑절씩이나 내구 논을 산다데나그려. 정녕 그렇다면 철로 조간이 아니라두 팔아 가지구 딴 데루 가서 판 논 갑절 되는 논을 장만함직두 한 노릇인데, 항차……."

"철로가 그렇게 난다는 건 아주 적실한가요?"

"말끔 다 칙량을 하구, 말뚝을 박아 놓구 한걸…… 황등장터 그 일판은 그래, 논들을 못 팔아 난리가 났다니까."

3

한생원의 큰소리에 사람들은 비웃는다

일인 길천이에게 일곱 마지기 논을 일백마흔 냥에 판 것과, 그중 쉰 냥은 빚을 갚은 것, 이것까지 한덕문의 예산대로 되었다.

그러나 나머지 아흔 냥으로 판 논 일곱 마지기보다 토리가 못하지 아니한 논으로 두 마지기가 더한 아홉 마지기를 삼으로써 빚 쉰 냥은 공으로 갚고, 그러고도 논이 두 마지기가 붙게 된다던 것은 완전히 허사가 되고 말았다.

아무도 한덕문에게 상답 한 마지기를 열 냥씩에 팔려는 사람은 없었다. 이왕 일인 길천이에게 팔면 그 갑절 스무 냥씩을 받는고로 말이었다.

필경 돈 아흔 냥은 한덕문의 수중에서 한 반년 동안 구르는 동안 스실사실 다 없어지고 말았다.

이리하여 한덕문은 논 일곱 마지기로 겨우 빚 쉰 냥을 갚고는, 아무것도 남은 것이 없이 손 싹싹 털고 나선 셈이었다.

친구가 있어 한덕문을 책하면서 물었다.

"어떡허자구 논을 판단 말인가?"

"인제 두구 보게나."

"무얼 두구 보아?"

"일인들이 다 쫓겨 가면, 그 땅 도로 내 것 되지 갈 데 있던가?"

"쫓겨 갈 놈이 논을 사겠나?"

"저이놈들이 천지 운수를 안다든가?"

"자네는 아나?"

"두구 보래두 그래."

한덕문은 혼자 속으로는 아뿔싸, 논이라야 단지 그것뿐인 것을 팔고서, 인제는 송곳 꽂을 땅도 없으니 이 노릇을 어찌한단 말이냐고, 심히 후회하여 마지아니하였다.

그러면서도 남더러는 그렇게 배포 있이 장담을 탕탕 하였다.

한덕문은 장차에 일인들이 쫓기어 가리라는 것을 확언할 아무런 근거도 가진 것이 없었다. 따라서 자신도 없었다. 오직 그는 논을 판 명예롭지 못함과 어리석음을 싸기 위하여, 그런 희떠운(말이나 행동이 분에 넘치며 버릇이 없음) 소리를 한 것일 따름이었다.

한덕문이, 일인들이 다 쫓기어 가면 그 논이 도로 제 것이 될 터이라서 논을 팔았다고 한다더라, 이 소문이 한 입 두 입 퍼지자 듣는 사람마다 그의 희떠움을, 혹은 실없음을 웃었다.

하는 양을 보느라고 위정,

"자네 논 팔았다면서?"

한다 치면,

"팔았지."

"어째서?"

"돈이 좀 아쉬워서."

"돈이 아쉽다구 논은 팔구서 어떡허자구?"

"일인들이 다 쫓겨 가면 그 논 도루 내 것 되지 갈 데 있나?"

"일인들이 쫓겨 간다든가?"

"그럼 백 년 살까?"

또 누구는 수작을 바꾸어,

"일인들이 쫓겨 간다지?"

한다 치면,

"그럼!"

"언제쯤 쫓겨 가는구?"

"건 쫓겨 가는 때 보아야 알지."

"에구 요 맹추야, 요 허풍선이야, 우리나라 상감님을 쫓어 내구 저이가 왕 노릇을 하는데 쫓겨 가?"

"자넨 그럼 일인들이 안 쫓겨 가구, 영영 그대루 있으면 좋을 건 무언가?"

"좋기루 할 말이야 일러 무얼 하겠나만, 우리 좋구푼 대루 세상 일이 돼 준다던가?"

"그래두 인제 내 말을 이를 때가 오너니."

"괜히, 논 팔구섬 할 말 없거들랑 국으루 잠자꾸 가만히나 있어요."

"체에, 내 논 내가 팔아먹는데, 죄 될 일 있나?"

"걸 누가 죄라나?"

"길천이한테 논 팔아먹은 놈이 한덕문이 하나뿐인감?"

"누가 논 판 걸 나무래? 희떤 장담을 하니깐 그러는 거지."

"희떤 장담인지 아닌지 두구 보잔 말야.

이로부터 한덕문은 그 말로 인하여 마을과 인근에서 아주 호(세상에 널리 드러난 이름)가 났고, 어느 겨를인지 그것이 한 속담까지 되었다.

가령 어떤 엉뚱한 계획을 세운다든지 허랑한(언행이나 상황 따위가 허황하고 착실하지 못함) 일을 시작하여 놓고서는, 천연스럽게 성공을 자신한다든지, 결과를 기다린다든지 하는 사람이 있다 치면,

"흥, 한덕문이 길천이게다 논 팔아먹던 대 났구나."
하고 비웃곤 하는 것이었다.

그 후, 그 속담은, 삼십오 년을 두고 전하여 내려 왔다. 전하여 내려 올 뿐만이 아니었다. 일본 제국주의의 조선에 있어서의 지반이 해가 갈수록 완구한 것이 되어 감을 따라, 더욱이 만주사변 때부터 시작하여 중일전쟁을 거쳐 태평양전쟁으로 일이 거창하게 벌어진 결과, 전쟁 수단으로서 조선의 가치는 안으로 밖으로, 적극적으로 소극적으로, 나날이 더 커감을 좇아, 일본이 조선에다 박은 뿌리는 더욱 깊이 뻗어 들어가고, 가지와 잎은 더욱 무성하여서 일본이 조선으로부터 물러간다는 것은 독립과 한가지로 나날이 더 잠꼬대 같은 생각이던 것처럼 되어 버려 감을 따라, 그래서 한덕문의 장담하던 '일인들이 다 쫓겨 가면……' 이 말이, 해가 가고 날이 갈수록 속절없이 무색하여 감을 따라, 그와 반비례하여 그 말의 속담으로서의 가치와 효과만이 멸하지 않고 찬란히 빛을 내었다.

바로 팔월 십사일까지도 그러하였다. 팔월 십사일까지도,

"흥, 한덕문이 길천이한테 논 팔아먹던 대 났구나."

는 당당히 행세를 하였다.

 그랬던 것이, 팔월 십오일에 일본이 항복을 하고, 조선은 독립－실상은 우선 해방－이 되고 하였다. 그리고 며칠 아니하여 '일인들이 토지와 그밖 온갖 재산을 죄다 그대로 내어 놓고 보따리 하나에 몸만 쫓기어 가게 되었다' 는 데까지 이르렀다.

 한생원(한덕문)의,

 "일인들이 다 쫓겨가면……."

은 이리하여 부득불 빛이 화안하여지고 반대로,

 "한덕문이 길천이한테 논 팔아먹던 대 났구나."

는 그만 얼굴이 벌게서 납작하고 말 수밖에 없었다.

4

광복이 되고, 논을 다시 찾을 수 있다는 생각에 들뜬다

 "여보슈 송생원?"

 한생원이 허연 탑삭부리에 묻힌 쪼글쪼글한 얼굴이 위아래 다섯 대밖에 안 남은 누런 이빨과 함께 흐물흐물 자꾸만 웃어지는 웃음을 언제까지고 거두지 못하면서, 그러다 별안간 송생원의 팔을 잡아 흔들면서 아주 긴하게,

 "우리 독립 만세 한번 부르실까?"

 "남 다아 부르고 난 댐에, 건 불러 무얼 허우?"

 송생원은 한생원과 달라 길천이한테 팔아먹은 논도 없으려니와, 따라서 일인들이 쫓기어 가더라도 도로 찾을 논도 없었다.

"송생원, 접때 마을에서 만세를 부를 제, 나가 부르셨던가?"
"난 그날, 허리가 아파 꼼짝 못하구 누었는걸."
"나두 그날 고만 못 불렀어."
"아따 못 불렀으면 못 불렀지, 늙은 것들이 만세 좀 아니 불렀기루 귀양살이 보내겠수?"
"난 그래두 좀 섭섭해 그랬지요…… 그럼 송생원 우리 술 한잔 자실까?"
"술이나 한잔 사 주신다면."
"주막으루 나갑시다."

두 늙은이가 지팡이를 짚고 마을에 단 한 집밖에 없는 주막으로 나갔다.

"에구머니, 독립두 되구 볼 거야. 영감님들이 술을 다 자시러 오시구."

이십 년이나 여기서 주막을 하느라고 이제는 중늙은이가 된 주모 판쇠네가, 손님을 환영이라기보다 다뿍 걱정스러워한다.

"미리서 외상인 줄이나 알구, 술 좀 주게나."

한생원이 그러면서 술청으로 들어가 앉는 것을, 송생원도 따라 들어가 앉으면서 주모더러,

"외상 두둑이 드리게. 수가 나셨다네."
"독립되는 운덤에 어느 고을 원님이나 한자리 해 가시는감?"
"원님을 걸 누가 성가시게, 흐흐……."

한생원은 그러다 다시,

"거, 안주가 무어 좀 있나?"
"안주두 벤벤찮구 술두 막걸린 없구 소주뿐인걸, 노인네들이 소주 잡숫구 어떡허시게."

"아따 오줌은 우리가 아니 싸리."

젊었을 적에는 동이술을 사양치 아니하던 영감들이었다. 그러나 둘이가 다 내일 모레가 칠십. 더구나 자주자주는 술을 입에 대지 않던 차에, 싱겁다고는 하지만 소주를 칠팔 잔씩이나 하였으니 과음일 수밖에 없었다.

송생원은 그대로 술청에 쓰러져 과연 소변을 지리기까지 하였다.

한생원은 송생원보다는 아직 기운이 조금은 좋은 덕에, 정신을 놓거나 몸을 가누지 못할 지경은 아니었다.

"우리 논을 좀 보러 가야지, 우리 논을. 서른다섯 해 만에 우리 논을 보러 간단 말야, 흐흐흐."

비틀거리면서 한생원은 술청으로부터 나왔다.

주모 판쇠네가 성화가 나서,

"방으루 들어가 누셨다, 술 깨신 댐에 가세요. 노인네들 술 드렸다구 날 또 욕허게 됐구면."

"논 보러 가, 논. 길천이게다 판 우리 논. 흐흐흐, 서른다섯 해 만에 도루 찾은, 우리 일곱 마지기 논, 흐흐흐."

"글쎄 논은 이 댐에 보러 가시면 어디루 가요?"

"날, 희떤 소리 한다구들 웃었지. 미친놈이라구 웃었지, 들. 흐흐흐, 서른다섯 해 만에 내 말이 들어맞일 줄 들 누가 알았어? 흐흐흐."

길천에게 팔았던 멧갓은 이미 다른 사람에게 넘어갔다

말은 혀 꼬부라진 소리로, 몸은 위태로이 비틀거리면서, 한생원은 지팡이를 휘젓고 밖으로 나간다. 나가다 동네 젊은 사람과 마주쳤다.

"아, 한생원 웬일이세요?"

"논 보러 간다, 논. 흐흐흐. 너두 이 녀석, 한덕문이 길천이한테 논 팔아먹던 대 났구나, 그런 소리 더러 했었지? 인제두 그런 소리가 나오까?"

"취하셨군요."

"나, 외상술 먹었지. 논 찾았은깐 또 팔아서 술값 갚으면 고만이지. 그럼 한 서른다섯 해 만에 또 내 것 되겠지, 흐흐흐. 그렇지만 인전 안 팔지, 안 팔아. 우리 용길이놈 물려 줘여지, 우리 용길이놈."

"참, 용길이 요새 있죠?"

"있지. 길천이한테 팔아먹었을까?"

"저, 읍내 사는 영남이가 산판(山坂) 하날 사서 벌목(伐木)을 하는데, 이 동네 사람들더러 와 남구(나무) 비어 주구, 그 대신 우죽(枝葉 ; 지엽) 가져가라구 하니, 용길이두 며칠 보내서 땔나무나 좀 장만하시죠."

"걸 누가…… 논을 도루 찾았는데."

"논만 찾으면 땔나문 없어두 사시나요?"

"논두 없이두 서른다섯 해나 살지 않었느냐?"

"허허 참, 그러지 마시구 며칠 보내세요. 어서서 다 비어 버려야 할 텐데, 도무지 사람을 못 구해 그러니, 절더러 부디 그럭 허두룩 서둘러 달라구, 영남이가 여간만 부탁을 해싸여죠. 아, 바루 동네서 가찹겠다, 져 나르기 수월허구……. 요 위 가잿골 있는 길천농장 멧갓(함부로 나무를 베지 못하게 가꾸는 산)이래요."

"무어?"

한생원은 별안간 정신이 번쩍 나면서 대어든다.

"가잿골 있는 길천농장 멧갓이라구?"

"네."

"네라니? 그 멧갓이…… 가마안 있자, 아니, 그 멧갓이 뉘 멧갓이길래?"

"길천농장 멧갓 아녜요? 걸, 영남이가 일인들이 이번에 거들이 나는 바람에 농장 산림감독하던 장서방한테 샀대요."

"하, 이런 도적놈들, 이런 천하 불한당놈들. 그래, 지끔두 벌목을 하구 있더냐?"

"오늘버틈 시작했다나 봐요."

"하, 이런 천하 날불한당놈들이."

한생원은 천방지축으로 가잿골을 향하여 비틀걸음을 친다.

솔은 잘 자라지 않고, 개간하여 밭을 만들자 하니 힘이 부치고 하여, 이름만 멧갓이지, 있으나마나 한 멧갓 한 자리가 있었다. 한 삼천 평 될까말까, 그다지 크지도 못한 것이었다.

이 멧갓을 한생원은 길천이에게다 논을 팔던 이듬핸지 그 이듬핸지, 돈은 아쉽고 한 판에, 또한 어수룩이 비싼 값으로 팔아 넘겼었다.

길천은 그 멧갓에다 낙엽송을 심어, 삼십여 년이 지난 지금 와서는 아주 한다하는 산림이 되었다.

늙은이의 총기요, 논을 도로 찾게 되었다는 것에만 정신이 팔려, 깜빡 멧갓 생각은 미처 아직 못하였던 모양이었다.

마침 전신주 감의 쪽쪽 곧은 낙엽송이 총총들이 섰다. 베기에 아까워 보이는 나무였다.

한 서넛이 나가 한편에서부터 깡그리 베어 눕히고, 일변 우죽을 치고 한다.

"이놈, 이 불한당놈들, 이 멧갓 벌목한다는 놈이 어떤 놈이냐?"

비틀거리면서 고함을 치고 쫓아오는 한생원을, 사람들은 영문을 몰라 일하던 손을 멈추고 뻔히 바라다보고 섰다.

"이놈 너루구나?"

한생원은 영남이라는 읍내 사람 벌목 주인 앞으로 달려들면서, 한대 갈길 듯이 지팡이를 둘러멘다.

명색이 읍내 사람이라서, 촌 농투성이에게 무단히 해거(괴상하고 얄궂은 짓)를 당하면서 공수(팔짱을 끼고 아무 일도 하지 않고 있음)하거나 늙은이 대접을 하려고는 않는다.

"아니, 이 늙은이가 환장을 했나? 왜 그러는 거야, 왜."

"이놈, 네가 왜, 이 멧갓을 손을 대느냐?"

"무슨 상관여?"

"어째 이놈아, 상관이 없느냐?"

"뉘 멧갓이길래?"

"내 멧갓이다. 한덕문이 멧갓이다, 이놈아."

"허허, 내 별꼴 다 보니. 괜시리 술잔 든질렀거들랑, 고히 삭히진 아녀구서, 나이깨 먹은 것이, 왜 남 일하는 데 와서 이 행악야, 행악이. 늙은인 다리뼉다구 부러지지 말란 법 있나?"

"오냐, 이놈. 날 죽여라. 너구 나구 죽자."

"대체 내력을 말을 해요. 무엇 때문에 이 야론(야료. 까닭 없이 트집을 잡고 함부로 떠들어 댐)지, 내력을 말을 해요."

"이 멧갓이 그새까진 길천이 것이라두, 조선이 독립됐은간 인전 내 것이란 말야, 이놈아."

"조선이 독립이 됐는데, 어째 길천이 멧갓이 한덕문이 것이 되는구?"

"길천인, 일인들은, 땅을 죄다 내놓구 간깐, 그전 임자가 도루 차지하는게 옳지, 무슨 말이냐?"

"오오, 이녁이 이 멧갓을 전에 길천이한테다 팔았다?"

"그래서."

"그랬으니깐, 일인들이 땅을 다 내놓구 가니깐, 이녁은 팔았던 땅을 공짜루 도루 차지하겠다?"

"그래서."

"그 개 같은 소리 인전 엔간치 해두구, 어서 없어져 버려요. 난 뻐젓이 길천농장 산림관리인 강태식이한테 시퍼런 돈 이천 환 주구서 계약서 받구 샀어요. 강태식인 길천이가 해준 위임장 가지구 팔구. 돈 내구 산 사람이 임자지, 저 옛날 돈 받구 팔아먹은 사람이 임잘까?"

8·15 직후, 낡은 법이 없어지고 새로운 영이 서기 전 혼란한 틈을 타서, 잇속에 눈이 밝은 무리들이 일본인 농장이나 회사의 관리자와 부동이 되어 가지고, 일인의 재산을 부당 처분하여 배를 불린 일이 허다하였다. 이 산판 사건도 그런 것의 하나였다.

5

아무것도 해준 것이 없는 나라는 땅마저 빼앗아간다

그 뒤 훨씬 지나서.

일인의 재산을 조선 사람에게 판다, 이런 소문이 들렸다.

사실이라고 한다면 한생원은 그 논 일곱 마지기를 돈을 내고 사지 않고서는 도로 차지할 수가 없을 판이었다. 물론 한생원에게는 그런 재력이 없거니와, 도대체 전의 임자가 있는데 그것을 아무나에게 판다는 것이 한생원으로 보기에는 불합리한 처사였다.

한생원은 분이 나서 두 주먹을 쥐고 구장에게로 쫓아갔다.

"그래 일인들이 죄다 내놓구 가는 것을, 백성들더러 돈을 내구 사라구 마련을 했다면서?"

"아직 자세힌 모르겠어두, 아마 그렇게 되기가 쉬우리라구들 하드군요."

해방 후에 새로 난 구장의 대답이었다.

"그런 놈의 법이 어딨단 말인가? 그래, 누가 그렇게 마련을 했는구?"

"나라에서 그랬을 테죠."

"나라?"

"우리 조선 나라요."

"나라가 다 무어 말라비틀어진 거야? 나라 명색이 내게 무얼 해준 게 있길래, 이번엔 일인이 내놓구 가는 내 땅을 저이가 팔아먹으려구 들어? 그게 나라야?"

"일인의 재산이 우리 조선 나라 재산이 되는 거야 당연한 일이죠."

"당연?"

"그렇죠."

"흥, 가만둬두면 저절루 백성의 것이 될 걸 나라 명색은 가만히 앉었다, 어디서 툭 튀어나와 가지구, 걸 뺏어서 팔아먹어? 그따위 행사가 어딨다든가?"

"한생원은 그 논이랑 멧갓이랑 길천이한테 돈을 받구 파셨으니깐 임자로 말하면 길천이지 한생원인가요?"

"암만 팔았어두, 길천이가 내놓구 쫓겨 갔은깐, 도루 내 것이 돼야 옳지, 무슨 말야. 걸, 무슨 탁에 나라가 뺏을 영으루 들어?"

"한생원한테 뺏는 게 아니라, 길천이한테 뺏는 거랍니다."

"흥, 둘러다 대긴 잘들 허이. 공동묘지 가 보게나. 핑계 없는 무덤 있던가? 저, 병신년에 원놈〔군수〕 김가가 우리 논 열두 마지기 뺏을 제두 핑겔 다 있었드라네."

"좌우간, 아직 그렇게 지레 염렬 하실 게 아니라, 기대리구 있느라면 나라에서 다 억울치 않두룩 처단을 하겠죠."

"일 없네. 난 오늘버틈 도루 나라 없는 백성이네. 제길, 삼십육 년두 나라 없이 살아왔을려드냐. 아니 글쎄, 나라가 있으면 백성한테 무얼 좀 고마운 노릇을 해 주어야 백성두 나라를 믿구, 나라에다 마음을 붙이구 살지. 독립이 됐다면서 고작 그래, 백성이 차지한 땅 뺏어서 팔아 먹는 게 나라 명색야?"

그러고는 털고 일어서면서 혼잣말로,

"독립됐다구 했을 제, 내 만세 안 부르기, 잘했지."

 **이야기 따라잡기**

   광복 소식을 들은 한생원은 일본인에게 팔아넘긴 땅이 도로 자신의 것이 될 거라는 기대 때문에 우쭐해한다.
   한생원의 부친 한태수는 일본인들에게 나라를 빼앗기기 전에 동학란과 관련되었다는 이유로 옥에 갇히게 된다. 석방되는 조건으로 고을 원님에게 열서 마지기의 논을 빼앗긴 한 생원은 남은 일곱 마지기마저 술과 노름, 그리고 살림하느라 진 빚을 갚기 위해 일본인 길천에게 팔아넘기게 된다.
   길천에게 비싼 값에 땅을 팔긴 했지만, 농민으로써 땅을 팔았다는 것이 부끄러워 남 앞에서는 배포 있게 일본인들이 쫓겨가면 논을 다시 되찾을 수 있을 거라고 큰소리를 친다. 그러나 이런 한생원의 큰소리에 주위 사람들은 허황된 이야기라며 놀릴 뿐이다.
   그러던 중 일본인들이 36년 만에 물러가게 되었다. 노인이 된 한생원은 송생원과 함께 주막에서 술을 한 잔 하고 자기 땅이었던 논을 보러 간다.

논을 보러 가는 길에 마주친 동네 젊은이에게 자신의 땅이었던 산이 다른 사람에게 넘어갔음을 알게 되고, 다시 땅을 돌려받지 못하게 되었음을 알게 된다. 한생원은 모든 것이 나라 때문이라며 원망한다.

쉽게 읽고 이해하기

나라 없는 백성이 낫다?

「논 이야기」는 1946년 『해방문학선집』에 발표된 작품으로 일제 강점기와 광복 이후의 농촌 현실을 그린 작품이다. 부지런한 농부였던 한생원의 아버지가 힘들게 일구어놓은 땅을 조선시대에는 부패한 관리에게 빼앗기고, 일제 강점기에는 빚을 갚기 위해 일본인에게 팔아 남아있는 땅이 없다. 광복이 되어 일본인들이 돌아가면 땅을 되찾을 수 있을 것이라고 생각하지만, 뜻대로 되지 않자 한생원은 차라리 나라 없는 백성이 낫다고 한탄한다. 광복 직후의 혼란했던 시기의 사회상을 한생원을 통해 풍자하고 있는 것이다.

한생원에게 국가는 자신에게 이익을 줄 때 존재한다. 그러나 국가는 한생원이 가진 것을 빼앗는 존재로, 이익이 아니라 손해를 주는 존재다. 국가를 잃었을 때 한생원은 국가에 대한 기대가 조금은 남아 있었다. 국권을 되찾으면 자신의 땅도 되찾을 수 있을 거라 믿었다. 그러나 국권은 되찾았지만, 땅은 국권을 되찾은 나라가 갖는다. 따라서 나라에 대한 기대와 희망은 무너지고, 오히려 피해의식을 갖게 된다. 이러한 피해의식은 '국가'에 대한 의미를 '개인'의 이익에 두고 있는 소시민적 태도에서 비롯된다. 국가가 국민에게 이익이 되지 않을 때는 존재의 의미가 없다는 개인주의적이고 이해타산적인 태도를 보이고 있는 것이다.

조선인은 만년 소작농

광복 이전에 우리나라는 인구의 대부분이 농사에 종사하고 있었기에 '땅'은 곧 생계와 연관되어 있었다. 이 소설에서 한생원이 땅을 빼앗긴 것은 곧 생계의 위협을 의미하며, 땅을 판 것은 생계의 수단을 판 것, 즉 농부로서의 살 길을 막아버린 것이다. 그래서 한생원은 자신이 땅을 판 것에 대해 부끄럽게 생각하면서도 그것을 감추기 위해 일본인들이 물러가면 도로 되찾을 수 있을 것이라고 큰소리를 친다. 자신의 생계 수단을 팔아버린 한생원은 어리석고 한심한 인물이다. 그래서 마을 사람들은 한생원의 행동을 속담처럼 이야기한다.

그러나 한생원은 소작농으로 늘어나는 빚과 힘겨운 생활로 인해 땅을 일본인에게 팔 수밖에 없었다. 이 소설은 일본인들이 농지를 사들이고, 농민들은 대부분 소작농으로 전락했던 당시 상황을 묘사하고 있다. 또한 철도 건설 등으로 인해 우리의 농지는 농지로서의 역할을 제대로 하지 못했으며, 임야 역시 무자비한 벌목으로 인해 점점 피폐해졌던 당시의 현장을 풍자적으로 보여주고 있다.

문제는 일본의 수탈은 일본의 패망과 함께 끝났지만, 그 자리를 국가가 차지했다는 데 있다. 광복과 함께 나라가 모든 것을 원래대로 회복시킬 줄 알았지만, 자주적인 국권 회복이 아니라 강대국에 의해 이루어진 광복은 결국 혼란을 일으킬 수밖에 없었다. 이러한 혼란 속에서 기회를 노린 사람들은 일본인들이 버리고 간 땅을 차지하고, 대부분의 농민들은 다시 소작농으로 몰락할 수밖에 없었다. 독립은 되었지만 농민들에게는 아무런 득이 될 게 없다. 결국 한생원은 "독립됐다구 했을 제, 내 만세 안 부르기, 잘했지"라며 현실을 한탄하고 있다.

「미스터 방」(『대조』, 1946)은 일제 강점기를 거쳐 미군정기에 나타난 기회주의자들의 모습과 당시의 사회상을 풍자적으로 재미있게 그린 단편소설이다.

미스터 방

놀라 질겁을 하였으나 이미 뱉어진 양칫물은
퀴퀴한 냄새와 더불어 백절폭포로 내리 쏟아져
웃으면서 쳐드는 S소위의 얼굴 정통에 가 좌르르.

등장인물

방삼복 미스터 방. 기회주의자. 가난한 신기료장수로 살다가 광복 이후 미군장교의 통역으로 취직하며 출세한다.

백주사 친일파. 친일 행위를 하다 광복을 맞아 군중들에게 봉변을 당한다. 방삼복을 통해 빼앗긴 재산을 되찾으려 한다.

미스터 방

미스터 방과 백주사는 함께 술을 마신다

주인과 나그네가 한가지로 술이 거나하니 취하였다. 주인은 미스터 방(方), 나그네는 주인의 고향 사람 백(白)주사.

주인 미스터 방은 술이 거나하여 감을 따라, 그러지 않아도 이즈음 의기 자못 양양한 참인데 거기다 술까지 들어간 판이고 보니, 가뜩이나 기운이 불끈불끈 솟고 하늘이 바로 돈짝만 한 것 같은 모양이었다.

"내 참, 뭐, 흰말이 아니라 참, 거칠 것 없어, 거칠 것. 흥, 어느 눔이 아, 어느 눔이 날 뭐라구 허며, 날 괄시헐 눔이 어딨어, 지끔 이 천지에. 흥 참, 어림없지, 어림없어."

누가 옆에서 저를 무어라고를 하며 괄시를 한단 말인지, 공연히 연방 그 툭 나온 눈방울을 부리부리, 왼편으로 삼십 도는 넉넉 삐뚤어진 코를 벌씸벌씸 해가면서 그래 쌓는 것이었다.

"내 참, 이래 봬두, 응, 동양 삼국 물 다 먹어 본 방삼복이우. 청얼(淸語, 청나라 말. 여기서는 중국어) 뭇 허나, 일얼 뭇 허나, 영어야 뭐 말할 것두 없구…….”

하다가, 생각난 듯이 맥주 컵을 들어 벌컥벌컥 단숨에 다 마신다. 그리고는 시꺼먼 손등으로 입술을 쓱, 손가락으로 김치쪽을 늘름 한 점, 그러던 버릇이, 미스터 방이요, 신사요, 방선생으로도 불리어지는 시방도 무심중 절로 나와, 손등으로 입술의 맥주 거품을 쓱 씻고, 손가락으로 라조기 한 점을 집어다 우둑우둑 씹는다.

"술은 참, 맥주가 술입넨다…….”

어느 놈이 만일 무어라고 시비를 하거나 괄시를 한다면 당장 그 라조기를 씹듯이 우둑우둑 잡아 씹기라도 할 듯이 괄괄하던 결기(못마땅한 것을 참지 못하고 성을 내거나 왈칵 행동하는 성미)가, 그러다 별안간 어디로 가고서 이번엔 맥주 추앙이 나오던 것이다.

"술두 미국 사람네가 문명했죠. 죄선 사람은 안직두 멀었어.”
"멀구말구. 아직두 멀었지.”

쥐 상호의 대추씨만 한 얼굴에 앙상한 노랑수염 백주사가, 병을 들어 주인의 빈 컵에다 따르면서 그렇게 맞장구를 쳐 보비위(남의 비위를 맞추어 줌)를 한다.

"아, 백상두 좀 드슈.”
"난 과해.”
"괜히 그리셔. 백상 주량을 다아 아는데. 만난 진 오랐어두.”
"다아 젊었을 적 말이지, 지금은…….”
"올에 참 몇이시지?”
"갑술생 마흔여덟 아닌가!”
"그럼 나버담 열한 살 위시군. 그래두 백상은 안 늙으신 심야. 허허

허허."

"안 늙는 게 다 무언가. 머리 신 걸 보게!"

"건 조백(늙기도 전에 머리가 셈)이시지."

백주사는 흔연히 수작을 하면서 내색은 아니하나, 어심(마음속)엔 미스터 방이 괘씸하기 짝이 없었다.

향리의 예법으로, 십 년 장이면 절하고 뵈어야 한다. 무릎 꿇고 앉아야 하고, 말은 깍듯이 공대를 해야 한다. 그 앞에서 주초(酒草, 술과 담배)가 당치 않고, 막부득이한 경우면 모로 앉아 잔을 마셔야 한다. 그런 것을, 마치 제 연갑 친구나 타관 나그네게나 하는 것처럼, 백상이니, 술 드슈, 조백이시지 하고 말버릇이 고약해, 발 개키고 앉아서 정면하고 술을 먹어, 담배 뻐끔뻐끔 피워, 이런 괘씸할 도리가 없었다.

또 나이도 나이려니와, 문벌이나 지체를 가지고 논한다면, 이건 도저히 용서할 수 없는 일이었다.

이래 보여도 나는 삼대조가 진사를 하였고(그 첩지가 시방도 버젓이 있다) 오대조가 호조판서를 지냈고(족보에 그렇게 분명히 올라 있다) 칠대조가 영의정을 지냈고(역시 족보에 그렇게 분명히 올라 있다) 이런 명문거족의 집안이었다. 또 내 십이 촌이 ××군수요, 그 십이 촌의 아들이 만주국 ××현 ××촌 촌장이요 하였다. 또 그리고, 시방은 원수의 독립인지 막덕(마르크스주의를 얕잡아 이르는 말)인지 때문에 다 그렇게 되었다지만, 아무튼 두 달 전까지도 어느 놈 그 앞에서 기침 한번 크게 못 하던 백부장—훈팔(八) 등에, ××경찰서 경제계 주임이던 백부장의 어르신네 이 백주사가 아닌가. 두 달 전 그때만 같았어도,

'이놈!'

하고 호통을 하여 당장 물고를 내련만, 그 좋은 세상이 어디로 가고 이 지경이란 말인지 몰랐다.

하여튼 그만치나 혼란스런 백주사에다 대면 미스터 방의 근지야 아주 보잘것이 없었다.

가난한 상일꾼이었던 방삼복은 서울로 올라온다

미스터 방의 증조가 타관에서 떠들어온 명색 없는 사람이었다. 그 조부가 고을의 아전을 다녔다. 그 아비가 짚신장수였다. 칠십에, 고로롱고로롱 아직도 살아 있지만, 시방도 짚신 곱게 삼기로 고을에서 첫째가는 방첨지가 바로 그였다. 그리고 이 방삼복이는······.

먹고 자고 꿍꿍 일하고, 자식새끼 만들고 할 줄밖에는 모르는 상일꾼(농부)이었다. 그러나마 삼십을 바라보도록 남의 집 머슴살이로, 이 집 저 집 살고 다니는 코삐뚤이 삼복이었다. 물론 낫 놓고 기역자도 못 그리는 판무식(아주 무식함)이었다.

상일꾼일 바엔 남의 세토 마지기라도 얻어 제 농사를 짓는 것이 아니라, 삼십을 바라보도록 남의 집 머슴살이만 하고 다니던 코삐뚤이 삼복이가 하루아침 무슨 생각이 났던지, 돈벌이를 간답시고, 조석이 간 데없는 부모에게다 처자식 떠맡기고는 훌쩍 일본으로 떠나 버렸다. 그것이 열두 해 전.

떠난 지 칠팔 년을 별반 신통한 벌이도 못하는지, 돈 한 푼 보내는 싹도 없더니, 하루는 느닷없이 중국 상해에 와 있노라 기별이 전해져 왔다. 그리고는 감감 소식이 없다가, 삼 년 만에 퍼뜩 고향엘 돌아왔다.

십여 년을, 저의 말마따나 동양 삼국 물 골고루 먹고 다녔으면서, 별로 이 때가 벗은 것도 없어 보이고, 행색은 해어진 양복 누더기에 볼 꿰어진 구두짝을 꿰고 들어서는 모양이, 군데군데 김질은 하였으나 빨아 다린 무명 고의적삼을 입고 고향을 떠날 적보다 차라리 초라한 것 같았다.

늙은 어미 아비와 젊은 가속이 뼈품(뼈가 휠 만큼 들이는 품)으로 버는 것을 얻어먹으며 굶으며 하면서 한 일 년 빈둥거리고 놀더니, 적이 회심이 들었는지, 이번엔 처자식 데리고 서울로 올라왔다.

서울로 올라온 방삼복은 신기료장수가 된다

서울로 올라와서는 현저동 비탈의 다 찌부러진 행랑방(대문간에 붙어 있는 방)을 얻어 살면서, 처음 일 년은 용산 있는 연합군 포로수용소엘 다니며 입에 풀칠을 하였고 — 이 동안 그는 상해에서 귀로 익힌 토막영어가 조금 더 진보되었고.

다시 일 년이나는, 그것 역시 상해에서 익힌 것을 밑천 삼아, 구두 직공으로 구둣방엘 다니며 그럭저럭 살았고. 그러다 일본이 싸움에 지느라고 구두를 너무 해트려 가죽이 동이 나서, 구둣방이 너나없이 문을 닫는 바람에, 할 수 없이 이번엔 궤짝 한 개 짊어지고 신기료(헌 신을 꿰매어 고치는 일)장수로 나서고 말았다.

골목골목 돌아다니며, 혹은 종로 복판의 행길에 가 앉아 신기료장수를 하자니, 자연 서울 온 고향 사람의 눈에 종종 뜨일밖에. 소식이 고향에 퍼지자, 누구 한 사람 칭찬은 없고 저마다 빈정거리는 소리뿐이었다.

"일본으로, 청국으로, 십여 년 타국 바람 쏘이고 온 놈이 겨우 고거야?"

"부전자전이로구먼. 아범은 짚신 장수, 자식은 구두 깁는 장수."

"아마 신발 명당에다 무덤을 썼든감."

이렇듯, 근지는 미천하고, 속에 든 것 없고, 가랑이가 찢어지게 가난하고, 생화(生貨, 생계를 위한 돈벌이나 직업)라는 것이 고작 거리에 앉아 오는 사람 가는 사람 해어지고 고린내 나는 구두짝 꿰매어 주고 징 박아 주고 닦아 주고 하는 천업이고 하던, 그 코삐뚤이 삼복이었다.

'흥, 개구리가 올챙이 적을 못 생각한다더니, 발칙한 놈, 고얀 놈.'

백주사는 생각하자니 속으로 이렇게 분개스럽지 않을 수가 없었다.

그러나 일변으로는, 그러던 코삐뚤이 삼복이가 그야말로 선영(조상의 무덤)이 명당엘 들었단 말인지, 무슨 조화를 지녔단 말인지, 불과 몇 달 지간에 이렇게 훌륭히 되고, 부자가 되고, 미씨다 방인지 구리다 방인지가 되고 하여 가지고는, 갖은 호강 다 하며 천하에 무서울 것이 없고 기강이 나서 막 이러니, 한편 생각하면 신기하기도 하고 부럽기도 하고 또한 안타깝기도 하였다.

'사람의 운수란 참 모를 일이야.'

백주사는 속으로 절절히 이렇게 탄복도 아니치 못하였다.

코삐뚤이 삼복의 이 눈부신 발신은, 그러나 백주사가 희한히 여기는 것처럼 무슨 명당 바람이 났다거나 조화를 지녔다거나 그런 신기한 곡절이 있는 바가 아니요, 지극히 간단하고도 수월한 것이었다. 다못 몸에 지닌 재주 가운데 총기가 좀 좋아서 일찍이 영어 마디나 익힌 것을 잊어버리지 아니하였다는, 일종의 특수 조건이 없던 바는 아니지만.

* * *

독립을 해도 방삼복에게는 아무런 혜택이 없다

1945년 8월 15일, 역사적인 날.

이날도 신기료장수 방삼복은 종로의 공원 건너편 응달에 앉아서 구두 징을 박으면서 해방의 날을 맞이하였다. 그러나 삼복은 감격한 줄도 기쁜 줄도 모르겠다. 지나가는 행인이 서로 모르던 사람끼리면서 덥석 서로 껴안고 기뻐하고 눈물을 흘리고 하는 것이, 삼복은 속을 모르겠고 차라리 쑥스러 보일 따름이었다. 몰려 닫는 군중이 오히려 성가시고, 만세 소리가 귀가 아파 이맛살이 지푸려질 지경이었다.

몰려다니고 만세를 부르고 하기에 미쳐 날뛰느라고 정신이 없어, 손님이 없어, 손님이 부쩍 줄었다.

"우랄질! 독립이 배부른가?"

이렇게 그는 두런거리면서 반감이 솟았다.

이삼 일 지나면서부터야 삼복에게도 삼복에게다운 해방의 혜택이 나누어졌다.

십 전이나 십오 전에 박아 주던 징을, 오십 전을 받아도 눈을 부라리는 순사를 볼 수가 없었다. 순사가 없어졌다면야, 활개를 쳐가면서 무슨 짓을 하여도 상관이 없고 무서울 것이 없던 것이었다.

"옳아, 그렇다면 독립도 할 만한 건가 보다."

삼복은 징 열 개를 박아 주고 오 원을 받아 넣으면서 이렇게 속으로 중얼거리기까지 하였다.

그러나 며칠이 못 가서 삼복은 다시금 해방을 저주하여야 하였다. 삼복이 저 혼자만 돈을 더 받으며, 더 받아 상관이 없는 것이 아니라, 첫째 도가(都家, 도매상)들이 제 맘대로 재료값을 올리던 것이었다. 징, 가죽, 고무, 실 모두가 오 곱 십 곱 비싸졌다. 그러니 신기료장수는 손님한테 아무리 비싸게 받는댔자 재료를 비싼 값으로 사야 하니, 결국 도가만 살찌울 뿐이지 소득은 전과 크게 다를 것이 없었다.

"이런 옘병헐! 그눔에 경제겐 다 어디루 가 뒈졌어. 독립은 우라진다구 독립을 헌담."

석양 때 신기료 궤짝 어깨에 멘 채 홧김에 막걸리청으로 들어가, 서너 사발 들이켜고는 그는 이렇게 게걸거렸다.

방삼복은 신기료장수를 관두고 통역관 미스터 방이 된다

그럭저럭 구월도 열흘이 되고, 서울거리에는 미국 병정이 꼬마차와 함께 그득히 퍼졌다.

그 미국 병정들이, 거리를 구경하면서 혹은 물건을 사려면서 말이 서로 통하지를 못하여 답답해하는 양을 보고 삼복은 무릎을 탁 쳤다.

그러나 슬플진저, 땟국과 땀에 찌든 이 누더기를 걸치고는 가망이 없을 말이었다.

'무슨 도리가 없을까?'

반일을 궁리를 하다가 정오 때에야 한 줄기 서광을 얻었다.

총총히 집으로 돌아가, 마누라를 시켜 구두 고치는 연장 일습과 재료 남은 것에다 이불이며 헌 옷가지 해서 한 짐을 동네 아는 가게에다 맡기고는 한 달 기한으로 돈 백 원을 서푼 변(이자)으로 취해 오게 하였다.

그 돈 백 원을 가지고 삼복은 흔한 넝마전으로 가서 백 원 돈이 꼭 차는 한도까지에 양복이란 명색 한 벌과 모자를 샀다. 신발은 부득이 안방 사람의 병정구두 사 신은 것을 이다음 창갈이 거저 해주겠다는 조건으로 닷새만 제 것과 바꾸어 신기로 하였다.

이튿날 아침 느지감치, 새로 장만한 헌 양복 헌 모자에 헌 구두로써 궤짝 멘 신기료장수보다는 제법 말쑥하여진 차림을 차리고 마악 나서려는데, 간밤부터 통통 부어 가지고는 시중도 말대꾸도 잘 아니하던 애꾸쟁이 마누라가 와락 양복 뒷자락을 움켜쥐고 늘어진다.

"바른 대루 대요."

"이게 별안간 미쳤나?"

"요 망난아, 반해 가지군 이럭허구 찾아가는 고년이 어떤 년야? 응?"

"속을 모르거든 밥값을 내지 말랬어, 요 맹추야."

"날 죽이구 가지, 거전 못 가."

"이년아, 너 이랬단, 내 인제 둔 벌문, 증말 첩 얻는다."

"오냐 잘한다. 날 죽여라, 날……"

"아, 이 우라 주리땔 앵길 년이……"

한주먹 보기 좋게 갈겨 넘어뜨리고는, 찌부러진 오두막집을 나서 종로로 향을 잡았다.

노예도 노예 이전이면 상전을 선택할 자유를 가지는 수도 있다고.

삼복은 종로서 전차를 내려 동쪽으로 천천히 걸으면서 물색을 하였다. 생김새가 맘씨 좋아 보이고, 여느 병정이 아니라 장교쯤 가는 이라야 할 것이었다.

청년회관 앞에서 담뱃대를 사고 있는 하나가, 몸집이 부대하고 여느 병정은 아닌 듯하고, 얼굴이 사뭇 선량하여 보이는 게 선뜻 마음에 들었다. 구경하는 체하고 넌지시 그 옆으로 가 섰다.

미국 장교는 담뱃대를 집어 들고 기물스러워하면서 연방 들여다보다가 값이 얼마냐고,

"하우 머치? 하우 머치?"

하고 묻는다.

담뱃대장수 영감은, 삼십 원이라고 소래기만 지른다.

알아들을 턱이 없어 고개를 깨웃거리면서 다시금 하우 머치만 찾는 것을, 기회 좋을시라고, 삼복이가 나직이,

"더티 원."

하여 주었다.

홱 돌려다보더니,

"오, 캔 유 스피크?"

하면서 사뭇 그러안을 듯이 반가워하는 양이라니. 아스러지도록 손을 잡고 흔드는 데는 질색할 뻔하였다.

직업이 있느냐고 물었다. 방금 실직하였노라고 대답하였다.

그럼, 내 통역이 되어 주겠느냐고 물었다. 그러겠노라고 대답하였다.

이 자리에서 신기료장수 코삐뚤이 삼복은 미스터 방으로 승차를 하여, S라는 미국 주둔군 소위의 통역이 되었다. 주급 십오 불(15달러, 약 240원) 가량의.

거진 매일같이 미스터 방은 S소위를, 낮에는 거리의 구경으로, 밤이면 계집 있는 술집으로 인도하였다.

한번은 탑골공원의 사리탑을 구경하면서, 얼마나 오랜 것이냐고 S소

위가 물었다. 미스터 방은 언젠가, 수천 년 된 것이란 말을 들었기 때문에, 투 따우전드 이얼스(2000년)라고 대답하였다.

또 한번은, 경회루를 구경하면서 무엇 하던 건물이냐고 물었다. 미스터 방은 서슴지 않고,

"킹 드링크 와인 앤드 댄스 앤드 싱, 위드 댄서."

라고 대답하였다. 임금이 기생 데리고 술 마시고, 춤추고 노래 부르고 하던 집이란 뜻이었다.

내가 보기엔, 조선 여자의 옷이 퍽 아름답고 점잖스럽던데, 어째서 양장들을 하는지 모르겠다고 S소위가 물었다. 미스터 방은 여자들이 서양 사람한테로 시집을 가고파서 그런다고 대답하였다.

서울역을 비롯하여 거리에 분뇨가 범람한 것을 보고, 혹시 조선 가옥에는 변소가 없느냐고 S소위가 물었다. 미스터 방은, 있기야 집집마다 다 있느니라고 대답하였다.

썩 좋은 조선 그림을 한 장 사고 싶다고 하여서, 문지방 위에다 흔히들 붙이는, 사슴이 불로초를 물고 신선이 앉았고 한 것을 오 원에 한 장 사주었다.

제일 재미있고 유명한 소설이 무엇이냐고 물어서, 『추월색』(1912년 발표된 최찬식의 신소설)이라고 대답하였다. 그럼 그것을 한 권 사고 싶다고 하여서, 여러 날 사러 다니다 못해, 동네 노마네 집의 것을 이 원에 사주었다. 이밖에도 미스터 방은 S소위에게 조선을 소개한 공로가 여러 가지로 많으나, 대강은 그러하였다.

그 공로에 정비례해서, 미스터 방은 나날이 훌륭하여져 갔다. 8·15 이전에 어떤 은행의 중역의 사택이라던 지금의 이 집으로, 현저동 그

집에서 옮아오기는 S소위의 통역이 되는 사흘 후였다. 위아래층을 다 양식 절반 일본식 절반으로 꾸민 호화스런 저택이었다. 정원엔 때마침 단풍과 가을 화초가 아름다웠고, 연못에선 잉어가 뛰놀고 하였다.

시방 주객이 앉아 술을 마시는 방은, 앞은 노대(2층 이상의 양옥집의 발코니)가 딸리고 햇볕 잘 들고 밝아서, 여러 방 가운데 제일 좋은 방이었다. 그러나 방 안에는 벽에 그림 한 장 붙어 있는 바 아니요, 방에 알맞은 가구 한 벌 놓여 있는 바 아니요, 단지 방일 따름이어서, 싱겁게 넓기만 하였다. 그렇지만 미스터 방은 실내의 장식 같은 것쯤 그다지 관심할 줄을 아직은 몰랐다.

처음엔 식모를 두었다. 그 다음엔 침모(남의 집에 매여 바느질을 맡아 하고 일정한 품삯을 받는 여자)를 두었다. 그 다음엔 손심부름할 계집아이를 두었다.

하루에도 방선생을 찾는 이가 여러 패씩 있었다. 그들의 대개는 자동차를 타고 오고, 인력거짜리도 흔치 않았다. 그렇게 찾아오는 그들은 결단코 빈손으로 오는 법이 드물었다. 좋은 양과자 상자 밑바닥에는 으레 따로이 뿌듯한 봉투가 들었곤 하였다.

미스터 방의, 신기료장수 코뻐뚤이 삼복이로부터의 발신 경로란 이렇듯 심히 간단하고 순조로운 것이었다.

* * *

미스터 방의 권세가 하늘을 찌른다

주인 미스터 방이 백주사의 컵에다 술을 따르려고 병을 집어 들다가,
"오이, 기미코."

하고 아래층으로 대고 부른다.

"심부럼 갔어요."

애꾸쟁이 마누라의 꼬챙이 같은 대답.

"안주 어떻게 됐어?"

"글쎄, 안주 시키러 갔어요."

"증종 있지?"

"……."

층계 밟는 소리가 나더니, 퍼머넌트한 머리가 나오고, 좁디좁은 이마에 이어서 애꾸눈이 나오고, 분 바른 얼굴이 나오고, 원피스 입은 커다란 젖통의 가슴이 나오고, 마지막 비단 양말 신은 두리기둥 같은 두 다리가 나오고 한다.

"서주사가 이거 두구 갑디다."

들고 올라온 각봉투 한 장을 남편에게 건네어 준다.

"어디?"

그러면서 받아 봉을 뜯는다. 소절수(수표) 한 장이 나온다. 액면 만 원짜리다.

미스터 방은 성을 벌컥 내면서,

"겨우 돈 만 원야?"

하고 소절수를 다다미 바닥에다 홱 내던진다.

"내가 알우?"

"우랄질 자식, 어디 보자. 그래 전, 걸 십만 원에 불하 맡아다 백만 원 하난 냉겨 먹을 테문서, 그래 겨우 돈 만 원야? 엠병헐 자식, 내가 엠피(MP ; 헌병)헌테 말 한마디문, 전 어느 지경 갈지 모를 줄 모르구서."

"정종으루 가져와요?"

"내 말 한마디에 죽을 눔이 살아나구, 살 눔이 죽구 허는 줄을 모르구서. 흥, 이 자식 경 좀 쳐봐라…… 증종 따근허게 데와. 날두 산산허구 허니."

새로이 안주가 오고, 따끈한 정종으로 술이 몇 잔 더 오락가락하고 나서였다.

백주사는 마침내, 진작부터 벼르던 이야기를 꺼내었다.

* * *

광복으로 백주사는 모든 재산을 잃는다

백주사의 아들 백선봉은, 순사 임명장을 받아 쥐면서부터 시작하여 8·15 그 전날까지 칠 년 동안, 세 곳 주재소와 두 곳 경찰서를 전근하여 다니면서, 이백 석 추수의 토지와, 만 원짜리 저금통장과, 만 원어치가 넘는 옷이며 비단과, 역시 만 원 어치가 넘는 여편네의 패물과를 장만하였다.

남들은 주린 창자를 졸라맬 때 그의 광에는 옥 같은 정백미가 몇 가마니씩 쌓였고, 반년 일 년을 남들은 구경도 못 하는 고기와 생선이 끼니마다 상에 오르지 않는 날이 없었다.

××경찰서의 경제계 주임으로 있던 마지막 이 년 동안은 더욱더 호화판이었다. 8·15 그날 밤, 군중이 그의 집을 습격하였을 때에 쏟아져 나온 물건이 쌀 말고도,

광목 여섯 통

고무신 스물세 켤레

지카다비(노동자의 작업화) 여덟 켤레

빨랫비누 세 궤짝

양말 오십 타

정종 열세 병

설탕 한 부대

이렇게 있었더란다. 만 원 어치 여편네의 패물과, 만 원 어치의 옷감이며 비단과 만 원짜리 저금통장은 그만두고 말이었다.

물건 하나 없이 죄다 빼앗기고, 집과 세간은 조각도 못쓰게 산산 다 부시고, 백선봉은 팔이 부러지고, 첩은 머리가 절반이나 뽑히고, 겨우겨우 목숨만 살아 본집으로 도망해 왔다.

일변 고을에서는 백주사가 자식이 그런 짓을 해서 산 토지를 가지고 동네 사람한테 거만히 굴고, 작인들한테 팔 할 가까운 도지를 받고, 고리대금을 하였대서, 백선봉이 도망해 와 눕는 그날 밤, 그의 본집인 백주사의 집을 습격하였다.

집과 세간 죄다 부수고, 백선봉이 보낸 통제배급물자 숱한 것 죄다 빼앗기고, 가족들은 죽을 매를 맞고, 백선봉은 처가로, 백주사는 서울로 각기 피신하여 목숨만 우선 보전하였다.

백주사는 비싼 여관밥을 사먹으면서, 울적히 거리를 오락가락, 어떻게 하면 이 분풀이를 할까, 어떻게 하면 빼앗긴 돈과 물건을 도로 다 찾을까 하고 궁리를 하던 것이나, 아무런 묘책도 없었다.

백주사는 미스터 방을 이용해 재산을 되찾으려 한다

그러자 오늘은 우연히 이 미스터 방을 만났다. 종로를 지향없이 거니는데, 지나가던 자동차가 스르르 멈추면서, 서양 사람과 같이 탔던 신사양반 하나가 내려서더니, 어쩌다 눈이 마주치자,

"아, 백주사 아니신가요?"

하고 반기는 것이었다.

자세히 보니, 무어 길바닥에서 신기료장수를 한다던 코삐뚤이 삼복이가 분명하였다.

"자네가, 저, 저, 방, 방……."

"네, 삼복입니다."

"아, 건데, 자네가……."

"허, 살 때가 됐답니다."

그리고는 내 집으루 갑시다 하고 잡아끄는 대로 끌리어 온 것이었다.

의표(의용. 차린 모습)하며, 집하며, 식모에 침모에 계집 하인까지 부리면서 사는 것이며, 신수가 훤히 트여 가지고 말도 제법 의젓하여진 것 같은 것이며, 진소위 개천에서 용이 났다고 할 것인지.

옛날의 영화가 꿈이 되고, 일조(하루아침)에 몰락하여 가뜩이나 초상집 개처럼 초라한 자기가 또 한 번 어깨가 옴츠러듦을 느끼지 아니치 못하였다. 그런데다 이 녀석이, 언제 적 저라고 무엄스럽게 굴어 심히 불쾌하였고, 그래서 엔간히 자리를 털고 일어설 생각이 몇 번이나 나지 아니한 것도 아니었다. 그러나 참았다.

보아하니 큰 세도를 부리는 것이 분명하였다. 잘만 하면 그 힘을 빌려,

분풀이와 빼앗긴 재물을 도로 찾을 여망이 있을 듯싶었다. 분풀이를 하고, 더구나 재물을 도로 찾고 하는 것이라면야 코삐뚤이 삼복이는 말고, 그보다 더한 놈한테라도 머리 숙이는 것쯤 상관할 바 아니었다.

* * *

미스터 방은 S소위에게 두들겨 맞는다

"그러니, 여보게 미씨다 방……."

있는 말 없는 말 보태 가며 일장 경과 설명을 한 후에, 백주사는 끝을 맺기를,

"어쨌든지 그놈들을 말이네, 그놈들을 한 놈 냉기지 말구섬 죄다 붙잡아다가 말이네, 괴수놈들일랑 목을 썰어 죽이구, 다른 놈들일랑 뼉다구가 부러지두룩 두들겨 주구. 꿇어앉히구 항복 받구. 그리구 빼앗긴 것 일일이 도루 다 찾구. 집허구 세간 쳐부신 것 말끔 다 물리구…… 그렇게만 해준다면, 내, 내, 재산 절반 노나주문세, 절반. 응, 여보게 미씨다 방."

"염려 마슈."

미스터 방은 선뜻 쾌한 대답이었다.

"진정인가?"

"머, 지끔 당장이래두, 내 입 한 번만 떨어진다 치면, 기관총 들멘 엠피가 백 명이구 천 명이구 들끓어 내려가서, 들이 쑥밭을 만들어 놉니다, 쑥밭을."

"고마우이!"

백주사는 복수하여지는 광경을 선히 연상하면서, 미스터 방의 손목을 덥석 잡는다.

"백골난망(죽어서 백골이 되어도 잊을 수 없음)이겠네."

"놈들을 깡그리 죽여 놀 테니, 보슈."

"자네라면야 어련하겠나."

"흰말이 아니라 참 이승만 박사두 내 말 한마디면 고만 다 제바리유."

미스터 방은 그리고는 냉수 그릇을 집어 한 모금 물고 꿀쩍꿀쩍 양치를 한다. 웬 버릇인지, 하여간 그는 미스터 방이 된 뒤로, 술을 먹으면서 양치하는 버릇이 생겼었다.

양치한 물을 처치하려고 휘휘 둘러보다, 일어서서 노대로 성큼성큼 나간다. 노대는 현관 정통 위였다.

미스터 방이 그 걸쭉한 양칫물을 노대 아래로 아낌없이 좍 뱉는 바로 그 순간이었다. 그 순간이 공교롭게도, 마침 그를 찾으러 온 S소위가 현관으로 일단 들어서려다 말고(미스터 방이 노대로 나오는 기척이 들렸기 때문에) 뒤로 서너 걸음 도로 물러나,

"헬로."

부르면서 웃는 얼굴을 쳐드는 순간과 그만 일치가 되었다.

"에구머니!"

놀라 질겁을 하였으나 이미 뱉어진 양칫물은 퀴퀴한 냄새와 더불어 백절폭포로 내리 쏟아져 웃으면서 쳐드는 S소위의 얼굴 정통에 가 좌르르.

"유 데블!"

이 기급(엇비슷하거나 맞먹음)할 자식이라고, S소위는 주먹질을 하면서

고함을 질렀고. 그 주먹이 쳐든 채 그대로 있다가, 일변 허둥지둥 버선발로 뛰쳐나와 손바닥을 싹싹 비비는 미스터 방의 턱을,
 "상놈의 자식!"
하면서 철컥, 어퍼컷으로 한 대 갈겼더라고.

이야기 따라잡기

　미스터 방은 시골에서 농사를 지으며 근근이 살아가는 가난한 소작농이다. 어느 날 갑자기 돈을 벌겠다며 중국과 일본에 갔지만 아무것도 얻은 것이 없다. 돌아와서 가족들을 데리고 서울로 올라와 행랑방을 얻어 연합군 포로수용소를 다니거나 신기료장수를 하면서 겨우 생계를 유지한다.

　해방이 되고 미군정이 들어서자 미스터 방은 헌 양복을 구입하고 기회를 노린다. 담배를 사려는 미국 장교가 한국말을 못해 곤란해 하는 것을 보고 상해에서 배운 영어를 동원해 통역을 해준다. 이를 계기로 미국 주둔군 S소위는 그를 통역관으로 두고, S소위의 통역을 하면서 조선의 여러 문물을 소개해준다. 사람들은 미스터 방에게 뇌물을 주고 여러 가지 청탁을 하게 되고, 그는 점점 부를 축적해 식모와 침모 등을 두며 호화스러운 저택에서 권세를 누리며 살게 된다.

　백주사는 아들이 순사가 되는 덕에 많은 재물을 모았지만 광복이 되자 군중의 습격을 받아 모두 잃고 쫓겨나게 된다. 이에 다시 재산을 찾기 위해 고민하다 우연히 미스터 방을 만나 그의 집에 가게 된다.

미스터 방의 권력이 매우 높아졌음을 알고 백주사는 자신의 처지를 설명하고 도움을 요청한다. 백주사의 이야기를 듣던 미스터 방이 버릇대로 양칫물을 뱉어내는 순간 S소위가 미스터 방의 방 안으로 들어오는 바람에 소위의 얼굴에 양칫물을 뱉게 된다.

쉽게 읽고 이해하기

기회주의자들의 최후

「미스터 방」은 1946년 『대조』에 발표된 단편소설이다. 광복 이후 정부가 수립되기 전 미군정기 때 혼란했던 당시의 사회적 상황을 풍자하고 있다. 주인공 방삼복의 아버지는 짚신장수로 짚신 곱게 삼기로는 고을에서 첫째가는 사람이었다. 그러나 방삼복은 아버지의 그런 기술을 이어받지 않고, 삼십을 바라보도록 남의 집 머슴살이로 살면서 낫 놓고 기역자도 모르는 무식한 인물이다. 그러던 그가 어느 날 돈벌이를 하러 간다면서 중국이며 일본이며 돌아다니다가 초라한 몰골로 돌아와 가족을 데리고 서울로 올라간다. 신기료장수를 하며 때를 기다리던 그는 한국말을 할 줄 모르는 미국장교의 물건을 사는 것을 도와주면서 통역관이 된다.

코삐뚤이 신기료장수라고 사람들에게 천대받던 방삼복은 이제 미스터 방이 되어 여러 명의 하인을 집에 두고, 사람들의 뇌물을 받으며 청탁을 받는 권력자가 된다. 그가 권세를 얻는 과정을 보면 그런 것을 누릴 만한 어떠한 암시도 보이지 않는다. 보잘 것 없는 사람이 하루아침에 큰 권세를 얻게 된 것이다. 사람들에게 무시를 당하던 그가 오히려 자신을 놀리던 사람들의 청탁을 들어주는 사람이 된다. 그리고 그 배경에는 '미국장교'(미국)가 있다.

백주사의 아들은 일제치하에 순사로 주민들의 토지와 돈, 패물까지도 끌어들인 인물이다. 백주사와 그의 아들 백선봉은 '일본순사' 즉 일본을 배경으로 부를 축적했다. 그러나 일본의 패망과 함께 백주사는 몰락하고, 우연히 만난 미스터 방을 찾게 된다. 권력이 일본에서 미국으로 넘어갔듯, 기회를 보고 권력의 중심을 따라 이동한 것이다.

그러나 작가는 기회주의자들의 모습을 있는 그대로 비판하는 것이 아니라 익살스럽고 해학적으로 보여준다. 즉 백주사는 부를 축적하지만, 결국 일본의 패망으로 인해 그가 괴롭혔던 사람들에게 죽지 않을 만큼 맞고 모든 재물을 빼앗긴다. 미스터 방 역시 부와 권력을 축적하지만, 자신의 버릇으로 인해 어이없게 몰락한다. 이 소설은 사회적 상황을 바라보고 철새처럼 이동하는 기회주의자의 모습을, 그리고 이들의 상황을 반전시켜 당시 상황을 풍자하고 있다.

인물의 희화화

방삼복은 평범한 인물이 아니라 외면적으로는 '코삐뚤이'고 내면적으로는 일자무식이다. 따라서 방삼복이 권세를 얻을 거라고는 아무도 생각하지 못했다. 서울에 올라와서 기회를 잡게 되는 순간에도 방삼복은 새로 장만한 것이 헌 양복, 헌 모자, 헌 구두이다. 양복에 궤짝을 메고 있다. 또한 그가 S소위에게 소개하는 조선의 모습도 저급화된 문화이다. 분노가 범람하는 서울, 좋은 그림이라는 것이 문지방 위에다 누구나 붙이는 불로장생 그림, 그리고 유명한 소설책은 노마네 집에서 2원을 주고 산 『추월색』이다. 미국장교의 지위가 고급이라면, 그가 받은 것들은 전부 저급문화이다. 즉 미국장교라는 이미지와 미스터 방이라는 이미지는 고급스러움을 뜻하지만, 그들이 소유하게 되는 것들과 그들의 버릇은 저급한 것, 흔한 것이다. 이로 그들의 모습은 점점 우스꽝스럽게 변한다. S소위의 얼굴에 양칫물을 뱉게 되는 상황 역시 두 인물을 희화화한다. 그리고 이것을 통해 사회에 대한 비판의식을 드러내고 있다.

「민족의 죄인」(『백민』, 1948)은

채만식의 자서전적 작품으로

친일행위에 대한 반성과

그렇게 할 수밖에 없었던 상황,

그리고 해방 직후의 현실인식을 드러내고 있다.

민족의 죄인

그동안까지는 단순히
나는 하여간에 죄인이거니 하여
면목 없는 마음,
반성하는 마음이 골똘할 뿐이더니

등장인물

나 소설가. 일본의 간섭을 피해 시골로 내려가나 결국 일본의 압력에 의해 대일협력행위를 하게 된다. 자신의 안위를 위해 대의를 져버렸다는 죄의식으로 괴로워한다.

김군 P 잡지사 주간. 가난한 집안의 가장으로 신문사를 관두지 못하고 계속 신문사에 남아 일본이 요구하는 글을 쓴다.

윤군 전 신문기자. 일본에게 주권을 빼앗기자 신문사를 그만두고 부호인 부친의 집으로 귀향한다. 대일협력행위를 한 사람들을 증오한다.

'나'의 아내 '나'의 선택을 중시하는 현모양처. 남편의 대일협력행위를 부정적으로 생각하지만 경제적 현실의 문제를 더 중요시한다.

민족의 죄인

1

죄인인 나는 자괴감에 앓아눕는다

 그동안까지는 단순히 나는 하여간에 죄인이거니 하여 면목 없는 마음, 반성하는 마음이 골똘할 뿐이더니 그날 김(金)군의 P사에서 비로소 그 일을 당하고 나서부터는 일종의 자포적인 울분과 그리고 이 구차스런 내 몸뚱이를 도무지 어떻게 주체할 바를 모르겠는 불쾌감이 전면적으로 생각을 덮었다. 그러면서 보름 동안을 싸고 누워 병 아닌 병을 앓았다.

2

나는 김군의 P사에서 윤을 만난다

 항용 문필하는 사람의 마음 한가로움이라고 할까 누그러진 행습이라고 할까, 가까운 친구가 간여하고 있는 잡지사고 출판사고 하면 일이야 있으나마나 달리 소간(볼일)이 긴급한 때 외에는 그 앞을 그대로 지나치지는 않게 되고 들어가 앉아서는 신문 잡지도 뒤척이고 많이 잡담하고 조금 문담(文談)하고 방담(放談, 생각나는 대로 거리낌 없이 말함)도 싫도록은 하고 하기에 세월을 잊고.

하는 것을 주인 편에서는 흔연히 맞이하여 주고 같이 섭슬려(함께 섞여 휩쓸림) 이야기하고 하되 한결같이 폐로워하는(성가시고 귀찮음) 법이 없고 출판사나 잡지사의 사무실은 문필하는 사람에게 이런 이를테면 동네 쇠물방처럼 임의롭고 무관함이 있어 김군이 주간하는 P사도 나의 그런 임의롭고 무관한 자리의 하나였다.

하루 거리엘 나가면 그래서 출판사나 잡지사를 몇 곳씩은 자연 들르게 되고, 그날도 남대문 밖까지 나갔다 집으로 돌아오는 길에 역시 별 볼일이 있던 것이 아니요 지날녘이고 해서 퍼뜩 P사를 들렀던 것인데, 무심코 들르느라고 들렀던 것인데…… 김군의 말마따나 일수가 매우 좋지 못했던 모양이었다.

점심나절부터 끄무릇까무릇하던 하늘이 정녕 보슬비라도 내릴 듯 자욱이 다 흐리어가지고 있는 사월 그믐의 저녁 무렵이었다.

남대문 거리의 잡답한 보도에서 가로수의 나붓나붓한 잎사귀가 거리의 잡답함과는 대조적으로 조용히 무엇인지를 숙명처럼 기다리는 듯싶은 그런 가벼운 침울이 흐르는 시간이었다.

김군의 P사는 바로 길 옆의 빌딩이었다.

비둘기장처럼 사층 꼭대기의 한방에 들어 있는 빌딩의 마흔 몇 개나 되는 층계를 숨차하면서 올라가다 마침 맨머리로 내려오고 있는 김군과 마주 만났다.

"장차에 조선 출판계의 왕좌 될 꿈은 꾸면서 사무소가 이게 무어람? 사람이 숨이 차고 다리가 맥이 풀려."

인사 대신 이렇게 구박을 하는 것을 김군은 그 커다란 눈과 코와 입과 얼굴에다 한꺼번에 웃음을 터트리면서

"P사가 사무실이 가난한 것은 자네가 그 흔한 왜놈의 집 한 채 접술 못 하구서 쓰러져가는 셋집살이 하는 것허구 내력이 어슷비슷하니 피차 막설하구…… 그러잖어두 기대리던 참인데 잘 왔네. 내 이 아래층에 가서 전화 좀 걸구 오께시니 올라가세나."

P사에는 먼저 온 손이 있었다.

윤(尹)이라고 나이는 나보다 두어 살 아래나 일찍이는 세대를 같이한 사람이었다.

나는 윤과 인사를 하면서 그의 눈치가 먼저 보여졌다.

윤은 내가 어려워하는 사람 가운데 한 사람이었다.

윤과 나는 친구는 아니었다.

길에서 만나든지 하면 서로 한마디씩

"안녕하십니까?"

"안녕하십니까?"

하고 마는 것이 고작이요 그렇지 않으면 아뭇소리 없이 모자만 들었다 놓는 시늉하면서 지나쳐버리고 하는 그저 거기 어디 흔히 있는 '아는 사람'의 하나일 따름이었다.

나는 윤이라는 사람을 아는 것이 별로 많지 못하였다. 일찍이 일본 동경서 어느 사립대학의 정경과를 마치었다는 것, 학업을 마치고 돌아와서는 고향에서 잠시 동안 신문지국을 경영한 경력이 있다는 것, 중

일전쟁(中日戰爭)이 일기 전후 이삼 년은 서울 어느 신문사의 정치부 기자로 있으면서 논설도 쓰고 하였다는 것, 그리고 그가 잡지에 발표한 당시의 구라파 정세에 관한 정치 논문을 두 편인가 읽은 일이 있고, 그 문장과 구성이 생경하고 서투른 혐의는 없지 못하나 사상만은 대단히 진보적인 것을 엿볼 수가 있었고, 대강 이런 정도의 것이었다. 그 밖에 사람이 성질이 어떠하다든가 가정이나 주위 환경이 어떠하다든가 하는 것은 알지를 못하였고 알 기회도 없었다. 공적으로 혹은 사사로이 생활상의 교섭 같은 것도 물론 없었다.

이렇게 나는 윤에게 대하여 아는 것도 많지 못하고 친구로서의 사귀임도 없고 하기는 하지만 꼭 한 가지 매우 중대한 것을 잘 안다는 것을 나는 스스로 인정치 않아서는 아니 되었다. 윤은 대일협력(對日協力)을 하지 아니한 사람이라는 것이었다.

중일전쟁이 일던 아마 그 이듬해부터인 듯싶었다. 잡지나 또는 신문의 기명논설(記名論說)에서 윤의 이름은 씻은 듯 없어지고 말았다. 신문 기자의 직업도 버려버리고 서울을 떠났는지 거리에서도 통히 볼 수가 없었다.

만일 윤이 무엇을 쓴다면 그의 전문에 좇아 정치와 시사에 관계된 것일 것이요, 정치와 시사에 관계된 것이면 반드시 세계 신질서 건설(世界新秩序建設)의 엉뚱한 명목으로 침략전쟁을 일으킨 동서의 전체주의 파시즘을 합리화시킨 논문이 아니고는 용납을 못 하였을 것이었다.

안으로는 내선일체를 승인하는 것이었어야 하고, 밖으로는 추축군의 승리와 미영의 몰락의 필연성을 예단하는 것이어야 할 것이었다.

또 신문사원으로의 직업을 버리지 아니하였다면 신문이라는 대일협력체(對日協力體)의 수족 노릇을 싫어도 하였어야만 할 것이었다.
 윤은 그러나 일체로 붓을 멈추고 신문사원의 직업도 버리고 함으로써 대일협력의 조그마한 귀퉁이에도 참여를 하지 아니하였다. 아니한 것이 분명하였다. 이렇게 대일협력을 하지 아니한, 그래서 지조가 깨끗한 윤에 대하여 많으나 적으나 대일협력을 한 것이 있음으로 해서 민족반역자 혹은 친일파의 대열에 들어야 할 민족의 죄인인 나는 그에게 스스로 한 팔이 꺾이지 아니할 수가 없고, 따라서 그가 어려운 사람이 아닐 수가 없던 것이었다. 동시에 죄 지은 사람의 약한 마음이라고 할까, 섬뻑 그를 만나자니 눈치가 먼저 보이지 아니할 수가 또한 없던 것이었다.
 과연 내가
 "안녕하십니까?"
하는 인사에 같은 말로
 "안녕하십니까?"
하고 대답하는 윤의 말 억양과 표정에는 역력히 경멸하는 빛이 머금어 있었다.
 한참을 있다 윤이 뒤척이던 신문축을 내려놓으면서 생각잖이 붙임성 있게
 "오래간만입니다."
하여, 나도 달가이
 "퍽 오래간만입니다."
하였다.
 미상불 우리는 퍽 오래간만이었다. 중일전쟁이 일던 그 이듬해 윤은

문필 행동을 정지하고 신문기자의 직업을 버리고 하였을 뿐만 아니라 서울 거리에서 자취마저 사라지고 말았기 때문에 근 십 년 만에 오늘 이 자리가 처음이었다.

윤이 그러나 인사상으로만 오래간만이라는 말을 한 것이 아닌 것은 그 다음 수작으로써 바로 드러났다.

"시골루 소개(疏開, 공습이나 화재 따위에 대비하여 한곳에 집중되어 있는 주민이나 시설물을 분산함) 가셨드라구."

"네."

"호박이랑 옥수수랑 많이 수확하셨습디까?"

그의 독특한 시니컬한 입초리로 빙긋 웃기까지 하면서 하는 아주 노골한 경멸과 조롱이었다. 생각하면 윤으로는 충분한 근거가 있는 경멸과 조롱이었다.

나는 소개로 고향에 내려간다

지나간(1945년) 사월에 나는 소개를 하여 고향으로 내려갔었다.

표면의 이유는 지방으로 소개를 하여 스스로 폭격을 피하며, 그리함으로써 소위 국토방위에 소극적 협력을 하기 위한 이른바 당국의 방침에의 순응이었지만, 실상은 구실이요 소개를 빙자코 도피행(逃避行)을 한 것이었다.

구라파에서 독일이 연합군의 육중한 공세를 바워내지(능히 피함) 못해 연방 뒷걸음질을 치다 어느덧 독 안의 쥐가 되었을 때는 동쪽에 있어서 일본의 패전도 거의 결정적인 것이 된 느낌이었다. 거기에는 물론 일본이 패하였으면 하는 희망적 예측이 다분히 가미되지 아니한 것은 아니었으나 아무튼 일본이 질 날이 머지않을 것으로 나는 생각하고 있었다.

일본의 패전 그 뒤에 오는 것은?

나는 8·15의 그런 편안한 해방을 우리가 횡재할 것은 전혀 생각지 못하였다. 일본이 눌러서 우리의 지배를 할 것이냐 혹은 새로운 지배자가 나설 것이냐, 또 혹은 우리가 요행 우리의 주인이 될 것이냐 이 판단은 막상 깜깜하였다. 그러나 오직 한 가지 일본이 패전을 하는 그날 그 순간부터 그동안까지의 치안과 사회질서는 완전히 무능한 것이 되는 동시에 세상은 걷잡을 수 없는 혼란과 무질서의 구렁이 되고 말리라는 것, 이것만은 확실한 것으로 나는 믿고 있었다. 하되 그것은 새로운 주권이 서고 새로운 질서가 생기는 그 기간까지는 제 마음껏 계속이 될 것이었다. 그 기간이라는 것이 한 달일는지 두 달 석 달일는지 반년이나 일년일는지 그 이상 더 오랠는지 그것은 짐작을 할 수가 없으나.

일본이 패전을 하는 그날 그 순간부터 치안과 질서가 무능한 것이 됨을 따라 칼 찬 순사와 기관총 가진 패잔 일병과 주먹심 있는 평민과 강도와 폭도질을 함부로 하고 일변 필연적인 사태로서 식량부족으로 인한 대규모의 기근이 오고 하여 거리는 삽시간에 살육과 약탈, 능욕과 방화, 질병과 기아의 구렁으로 변하고 그 죽음과 공포의 거리에서 아무 구원의 능력도 주변도 없는 약비한 아비를 그래도 아비라고 떨면서 울고 매어달리는 나의 어린것들을 데리고 서서 속절없이 죽음을 기다리기나 할 따름일 나 자신의 그림자를 환상할 적마다 나는 등골이 서

늘함을 금치 못하였다.

　대처(도시)가 그러한 데 비하여 고향은 차라리 안전하였다. 우선 당장은 각다분하겠지만(일을 해 나가기가 힘들고 고됨) 일을 당한 마당에서는 역시 고향이 나을 터이었다.

　누대 살아온 고향이요 일가친척이 여러 집이 있어 생소하지가 않았다.

　사람들이 다 아는 사람들이 되어 난세를 당하여 제일 두려운 사람, 그 사람을 두려워 아니하겠으니 좋았다.

　박토나마 조금은 있으니 하다못해 감자포기를 심어 먹어도 주려 죽기는 면할 수가 있으니 더욱 안심이었다.

　나는 드디어 고향으로 내려갈 결심을 하였다.

　나는 나만 그럴 뿐이 아니라 몇몇 친지들더러도 그런 소견과 실토정(사정이나 심정을 솔직하게 말함)을 말하면서 반드시 서울에 머물러 있어야만 할 특별한 사정이 없는 바엔 각기 고향으로 내려가기를 권하기까지 하였다.

　민족해방의 돌발적인 변화를 겪고 난 지금에 이르러, 지금의 심경을 가지고 그때 당시의 나의 그러던 심경이나 행동을 곰곰이 객관을 하자면 지배자의 압력이 약하여진 그 계제에 떨치고 일어나 해방의 투쟁을 꾀할 생각을 적극적으로 하는 것이 아니고서, 오직 저 일신의 안전을 도모하는 데까지밖에는 궁리가 뚫리지 못한 것은 적실히 나의 약하고 용렬한 사람 됨됨이의 시킴이었음엔 틀림이 없었다. 그러나 나는 나 혼자만이 유독 그렇게 약하고 용렬하였는지, 혹은 대체가 개인적이며 소극적이요 퇴행적이기가 쉬운 망국 민족의 본성의 소치였는지 그 분간은 혹시 모르되, 하여간에 그처럼 약하고 용렬하였던 것이 사실이요, 겸하여 무가내(막무가내)한 노릇이었다. 그렇다고 시방은 제법 굳세고 용맹스러워졌다는 자랑이냐 하면 물론 아니었다. 지금도 여전히 나는 약하고 용렬한 지아비였다.

일본의 패전 그 다음에 오는 혼란과 무질서에 대한 불안과 공포 이것 말고서 그 이전에 또 한 가지의 절박한 위협이 있었다.

나는 서울 시내에서 동쪽으로 삼십 리나 나간 경충가도(京忠街道, 경기도와 충청도를 잇는 국도)의 한강 기슭 광나루(廣津 ; 광진)에 우거하고 있었다.

광나루는 서울 시내로부터 소개를 하여 나오는 곳이지, 그래서 소개령이 내리자 집값이 연방 오르던 곳이지, 이곳으로부터 다른 곳으로 소개를 가도록 마련인 곳은 아니었다. 이것만 하여도 나는 실상 소개를 간다고 나설 터무니없는 사람이었다.

B29가 처음으로 서울 하늘에 나타나던 날이었다.

이날 나는 마침 시내에 들어가지 않고 집에 있다가 언덕의 솔숲을 거닐던 중에 공습 사이렌이 울었다.

산이라고 하기보다는 강가가 바투 오뚝이 솟은 조그마한 구릉이었다. 그 깎아지른 낭떠러지 바로 아래로는 시퍼런 강물이 바위를 스치고 흘러 흡사 평양의 청류벽을 연상함직한 곳이었다. 그뿐 아니라 강을 건너서는 편한 벌판이요, 벌판이 다한 곳에 먼 산이 암암히 그려져 있는 것일랑은 대야동두점점산(大野東頭點點山, 평양 부벽루의 아름다운 경치를 노래한 고려 문인 김황원의 시. "넓은 들판 동쪽 머리에는 점점이 산이로구나")이라고 읊어낸 그것과 많이 비슷한 것이 있었다.

꼭대기에는 당집이 있고 주위로 솔과 참나무가 울창하여 그늘이 짙었다. 잔디도 좋았다. 그런 그늘 아래 앉아서 장강을 굽어보고 먼산을 바라보면서 혹은 잔디에 누워 창공을 올려다보면서 끝없는 시간을 지우기란 울적하고 삭막한 나의 생활 가운데 만만치 아니한 위안의 하나였다.

그때 나는 마침 이조사(李朝史)를 읽다가 병자호란(丙子胡亂)의 대문에 이르렀던 참이라, 병자란 당시에 조선군이 국왕과 함께 최후의 농성을 하던 남한산성(南漢山城)이며, 그러다 국왕이 마침내 청병의 군문에 무릎을 꿇어 항복을 한 삼전도(三田渡)며, 그리고 양방의 수없는 장졸이 화살과 창끝에 고혼(외로운 혼령)으로 쓰러진 풍남리의 토성(風南里土城)이며를 멀리 바라보기가 이날따라 감개적이 깊은 것이 없지 못하였다.

그러한 흥폐의 모양을 보았으면서 못 본 체 이날이 한결같이 유유히 흐르기만 하였으며 앞으로도 얼마든지 되풀이할 세상과 인사의 변천을 보면서, 그러나 못 본 체 몇 천 년 몇 만 년이고 유유히 흐르고만 있을 저 강 무심타고 할까 부럽다고 할까…… 이런 생각에 잠겨 있는 참인데 그 몸서리가 치이는 공습 사이렌이 별안간 울리던 것이었다.

나는 꿈에서 깨난 것처럼 퍼뜩 정신이 들었다.

보나마나 아내는 물통을 들고 쫓아나갔어야 했을 것, 어린것들이 걱정이 되어 집으로 달려갈 생각은 급하나 가던 중로에서 경방단(일제 강점기 때 치안을 강화하기 위하여 소방대와 방호단을 통합한 단체) 서방님네들한테 붙잡혀 부역을 하지 아니하면 대피호로 끌려 들어가기가 십상일 판이었다.

초조하다 보니 잠자리보다도 더 작게 비행기(B29) 한 대가 한 가스로 꼬리를 길게 쌍으로 끌면서 유유히 까마득한 창공을 날고 있었다.

그 호젓하고 초연함이라니. 그 고요하고 점잖스럼이라니.

좋은 완상거리일지언정 그가 털끝만치도 적의(敵意)를 발산하는 것이 있다거나 항차 비행기의 폭격의 전주(前奏)인 바야흐로 강렬한 위협과 공포감 같은 것은 전혀 느낄 수가 없었다.

덕분에 마음을 가라앉히고 기다리는 동안 이윽고 공습경보는 해제가 되었다. 나는 일종 섭섭한 마음이면서 행길로 내려왔다. 그러자 군용 화물차 한 대가 기운차게 달려오더니 동네 한복판인 한길 가운데에 가 멈추어 서면서 경기관총을 가지고 잔뜩 긴장한 이삼십 명의 길병이 차로부터 뛰어내렸다.

공습경보를 듣고 강 건너 송파(松坡)의 병영으로부터 이 광나루 지구를 경계하러 온 일대였다. 그러나 그 경계라는 것은 그들이 가지고 온 무기가 하다못해 고사기관총도 아니요, 보통 산병전에 쓰는 경기관총인 것과 그것을 동네 복판에다 맞추어 놓고서 대기를 하는 것으로 미루어 적기를 쏘자는 것이 아니고서 폭격의 혼란을 틈타 폭동이라도 일으킬 염려가 있는 주민-조선 사람을 약차하면(이렇다 하면) 쏘아대자는 것임은 말하지 않아도 변연하였다.

나는 지휘하는 자를 비롯하여 병정들의 눈을 똑똑히 보았다. 곧 사람을 살상하여 마지않겠는 독기가 뻗쳐 나오는 눈들이었다. 나는 소름이 쪽쪽 끼쳤다.

공습을 당하면서 적기를 쏠 방비를 하여 주기보다는 센징을 쏘아 죽일 채비를 차리는 그들의 앙심과 살기를 머금은 그 눈 눈 눈…… 앞에 B29의 폭격이 있다면 등 뒤에는 일병의 기관총부리가 있는 그 기관총을 또한 피하기 위하여서도 나는 하루바삐 비교적 안전한 곳으로 자리를 옮아앉아야 하였다.

나는 1945년 4월 마침내 집을 팔고-게딱지같은 초가집이었으나 설리(서럽게) 장만한 집이었다-그것을 헐값으로 팔아넘기고 세간도 대부분 팔고서 짐 가벼운 것만 꾸려가지고 고향으로 소개랍시고 하여 오고 말았다.

나에게는 그러나 일본의 패전 그 다음에 오는 것의 불안과 공포랄지 눈에 살기를 머금은 일본 병정들의 등덜미를 겨누는 기관총부리의 위협이랄지 이런 것 외에도 멀찍이 궁벽한 시골로 낙향을 하여야만 할 사정이 따로 또 있는 것이 있었다.

나는 안전을 위해 대일협력을 시작한다

1943년 2월 황해도로 강연을 간 것이 나로서는 아마 대일협력의 첫걸음이라고도 할 만한 것이었다.

총독부와 총력연맹이 설도를 하여 경향의 종교·사상·예술·언론·조고(글을 짓거나 쓰는 일)·교육 등 각계의 사람 이백여 명을 그러모아 전 조선 각 군(郡)의 면(面)으로 하여금 제각기 면 단위로 열게 한 소위 미영격멸 국민총궐기대회에 몇 개 면씩을 찢어 맡겨 보내어 전쟁 기세를 돋우는, 그중에도 미영에 대한 적개심을 조발하는-강연을 하게 한 그 강사의 하나로 나도 뽑혔던 것이었다.

대일협력도 첫걸음이려니와 사십 평생에 여러 사람을 모아놓고 강연이라고 하는 것을 하여 본 적이 도대체 없었다.

일어가 서툴러 못 나아가겠다고 하였더니 조선말도 무방하다고, 실상은 상대들이 시골 농민들인만큼 국어 상용의 본의에는 어그러지나 조선말이 더 효과적일 것인즉 이번만은 되도록 조선말로 하게 하기로 이미 방침을 세웠노라고 하였다.

생후에 한 번도 연단에 서본 경험이 없어, 강연이 하여질 것 같지 않다고 하였더니, 경험은 없더라도 열(熱) 하나면 되는 것이라고, 생전에 한 번도 연단에 서보지 아니한 사람이 이 기회에 분연히 일어서서 강연을 하게 되었다는 그 사실이 벌써 청중을 감격케 할 사실이 아니냐고, 그러니 너야말로 빠져서는 아니 될 사람이라고 하였다.

그러거나 말거나 누웠고 나아가지 아니하였으면 그만일 것이었다. 나중이야 앙화(어떤 일로 인하여 생기는 재난)가 와닿겠지만 그 당장은 새끼로 목을 얽어 끌어내지는 못하였을 것이었다. 그러나 나는 내 발로 걸어 나갔었다. 영을 어기지 아니하여야만 미움을 받지 않고 일신이 안전하고 한 것을 알기 때문이었다.

나는 경찰서에 잡혀가 고문을 당한다

개성서 살고 있을 때요 태평양전쟁이 일던 전전해인 1938년이었던 듯싶다.

삼월 그믐인데 볼일로 서울에 왔다. 삼사 일 만에 내려갔더니 가족들이 초상난 집처럼 근심에 싸여 있었다. 조금 전에 개성경찰서의 형사 두 명이 와서 내가 거처하는 방을 수색을 하고 서신과 몇 가지의 원고와 잡지 얼러 몇 가지의 서적을 가져갔고, 그러면서 물어볼 말이 있으니 돌아오는 대로 곧 고등계로 오도록 이르라는 부탁을 하더라는 것이었다.

그리고 그날 아침 ○○○군과 ×××군이 붙들려 갔다는 말을 하였다. ○○○군과 ×××군은 나한테를 종종 다니는 이십 안팎의 문학청년들이었다.

신경이 과민한 정비례로 무식하고 그와 반비례로 일거리는 없어 상관 앞이 민망하고 한 시골경찰의 고등계 형사들이 정히 무료하다 못하면 더러 그런 짓을 하는 행투(행동거지)를 짐작지 못하지 않는 터라 치안유지법에 걸릴 아무 내력이 없는 것은 번연한 노릇이요, 하여 설마 어떠랴고쯤 심상히 여기고 선 길에 경찰서로 가보았다.

보기만 하여도 마치 뱀을 쭈쩍 만난 것처럼 섬뜩한 것이 경찰서의 사람들이었다. 들어서기가 무엇인지 모를 무시무시한 것이 경찰서였다. 아무렇지도 않은 신고서 한 장을 들이러 가기에도 들어서면 벌써 눈부라림과 호통과 따귀가 올라붙거니만 싶어 덮어놓고 공포증과 불안을 주는 것이 경찰서요 그곳의 사람들이었다.

그런지라 비록 치안유지법에 걸릴 아무 내력이 없다고는 하여도, 그래서 심상히 여겼다고는 하여도 노상이 태연한 마음일 수가 없었음은 물론이었다.

이윽히 기다리게 한 후에 일인 형사가─빼빼 야윈 몸과 얼굴과 눈과 심지어 수족에서까지 사나움이 졸졸 흐르는 자로 얼굴만은 진작부터 앎이 있었다─그자가 별실로 데리고 들어가더니 ○군과 ×군과 나와의 상종에 대한 것을 묻는 것이었다. 언제부터 어떤 반연으로 알았으며, 한 달이면 몇 번씩이나 찾아오며, 만나서 하는 이야기와 하는 일은 무엇이며 하냐고.

만나기는 한 반년 전에 그들이 찾아와서 비로소 처음 만났고, 하는 이야기나 하는 일은 문학을 공부하는 초보에 관한 것으로 쓰는 공부는 어떻게 하며, 읽기는 어떠한 책을 읽어야 하며, 어떤 작가는 어떤 작품을 썼고 어찌해서 그것이 좋은 작품인 것이며, 또 그들이 책을 읽다가 이해치 못하는 대문이 있어 가지고 와 묻는 것이 있으면 설명을 하여 주기도 하고 하노라고 말썽 아니 될 범위에서 대답을 하였다.

"그것뿐인가?"

마지막 형사는 딱 으르면서 표독한 눈매로 눈을 부라리었다.

나는 속으로는 떨리나 태연히

"대강 그렇습니다."

"더 생각해 봐."

"더 생각하나마나 그렇습니다."

"정녕?"

"네."

"이 자식."

소리와 함께 따귀를 따악 거푸 따악 따악 따악 따악……

"꿇어앉어 이 자식아."

걸상으로부터 내려가 꿇어앉았다.

"바른 대로 대지 못해?"

"바른 대로 댔습니다."

"너 이번 지나사변에 대해서 한 이야기두 있잖어?"

"지나사변의 어떤 이야기 말입니까?"

"너 일본이 아무리 무력으루는 한때 지나를 정복을 한다더래두 결국은 가서 실패를 하구 만다구 그런 말을 했잖었어?"

"그건 일본을 두고 한 말이 아니라 한민족(漢民族)은 이상한 동화력(同化力)을 가진 민족이 되어나서 그동안 누차 변방 족속한테 무력 정복을 당했으면서도 그런 족족 정복자를 문화적으로 사회적으로 동화·흡수를 하군 해서 어느 시간이 경과한 후에 가선 정복자요 지배자였던 변방 족속이 피정복자요 피지배자였던 한민족한테 먹히어버리고서 존재가 없어지고 존재가 없어지고 했느니라구 단순히 역사적 사실을 이야기한 일밖에 없습니다."

"그러니깐 이번 지나사변두 결국은 일본이 실패를 한다는 그 뜻으루다 한 소리가 아냐?"

"그렇게 억지루 가져다댄다면 못 댈 것은 없지만서두 내 본의는……."

"요 앙똥스런 자식 같으니로고. 네 따위가 어따 대구 고 따위루…… 이 자식아, 대일본제국의 흥망이 달린 앞에서 너이 조선놈 몇 마리쯤 땅바닥으루 기는 버러지만치나 명색이 있을 줄 알아? 그런 것들이 어따 대구 감히 그런 발칙한 소릴."

이번에는 구둣발이 내 몸뚱이를 함부로 짓이긴다.

매는 미상불 아픈 것이었다.

"너 이 자식, 좀 곯아 봐."

인하여 나는 생후 두 번째로 유치장이라는 것을 들어가 보았다.

집어 처넣어놓고는 달포를 아뭇소리 없이 저의 말대로 곯리기만 하였다.

그동안 O군과 ×군과 그리고 또 한 사람 붙잡혀 들어와 있는 △군과 이 세 사람만은 가끔가다 하나씩 끌어내다가는 노굴노굴하게 매질을 하여 들여보내곤 하였다.

아뭇소리도 없이 처박아두기만 하는 것은 당하는 사람으로는 무위한 유치장의 하루씩을 지우기의 답답하고 고통스러움과 일이 장차 어찌 되려는가의 불안 초조와 이런 것으로 하여 악형이야 당할 값이라도 차라리 자주 끌려나가기만 못한 노릇이었다.

피정복자는 돼지와 다를 게 없다

정복자와 및 그의 수족 노릇을 하는 일부 원주민으로 이루어진 지배자가 피정복자를 닦달함에 있어서 인간으로서 인간을 학대하기에 경찰서의 유치장 이상 가는 것은 아마도 없을 것이었다.

물통에다 냉수를 한 통씩 길어다 놓고 국자를 담가 놓고 그 물을 떠 간수들이 저희들의 차도 달여 먹고 죄인들이 물을 청하면 한 국자씩 떠주고 하되 죄인들은 방망이 한 개씩 두어둔 양재기에다 물을 받아서 마시도록 마련이었다.

일 전 내기 투전을 하다 붙잡혀 들어온 촌 농부 하나가 있었다. 지극히 가벼운 죄인이요 또 생김새도 어리숭하게(보기에 어리석은 듯하게) 생긴 젊은 친구였다.

가벼운 죄인이면 감방으로부터 불러내어 유치장 바닥의 비질도 시키고 죄인들의 잔시중—물을 떠준다거나 휴지를 들여준다거나 하는 심부름을 간수들 자네의 대신 시키기도 하였다.

일 전 내기 투전꾼은 유치장 바닥을 다 쓸고 나서 마침 목이 말랐던지 물통에서 국자로 물을 떠 벌컥벌컥 시원히 마시고 있었다.

그러자 별안간,

"고라, 이노무 자시기!"

하고 벽력 같은 고함과 더불어 간수가 저의 자리로부터 쫓아 내려오더니 뺨을 치고 구둣발길로 걷어차고 하였다.

죄인은 국자를 놓치고 회삼물(석회 등 세 가지를 한데 섞어 반죽한 물질) 바닥에 가 쓰러져 미처 다 못 삼킨 물과 볼이 터져 나오는 피를 함께 흘리면서 연방 아이구머니 소리만 질렀다.

간수는 죄인의 몸뚱이를 옆구리고 머리고 상관없이 퍽퍽 걷어지르기를 그치지 않았다. 그러면서 꾸짖는 것이었다. 국자에다 왜 더러운 주둥이를 대느냐고. 요보(일제 강점기 때 일본인이 한국인을 낮추어 부른 말)는 도야지보다 더 더러운 놈들이라고.

도야지보다 더 더러운지 어쩐지 그것은 막시 모르나 정복자란 것이 피정복자의 앞에서는 도야지만치도 명색이 없는 것만은 이 한 가지로 미루어서도 분명하였다.

나는 유치장에 들어가던 날의 첫 번 식사인 저녁밥을 먹지 않았다. 흥분이 되어 식욕이 없는 것도 없는 것이었지만 그다지 입이 호강스럽지는 못한 나로서도 차마 그것을 밥이라고 입에 떠넣을 뜻이 나지 아니하였다. 찌그러지고 오그라지고 시꺼멓게 때꼽재기가 끼고 한 양은 벤또에다 골싹하게(가득하지는 않으나 거의 찬 듯함) 담은 밥이라는 것은 쌀알갱이는 눈 씻고 잘 보아야 하나씩 둘씩 섞였을 뿐의 노오란 조밥이요, 찬이라는 것은 산에 가서 되는 대로 그럴싸한 풀잎을 뜯어다 슬쩍 데쳐서 소금을 뿌려 주물럭주물럭한 두어 젓갈의 소위 산나물 한 가지로 하였다. 밥에는 그러나마 만주 좁쌀에 고유한 그 세모지고 얄따란

다갈색의 잔모래가 얼마든지 그대로 섞여 있고.

내 밥이 젓갈도 대지 않은 채 그냥 도로 나가게 된 것을 알자 옆에 있던 절도범이 혼잣말처럼

"그럼 내가 먹을까."

하고 슬며시 집어가더니 볼퉁이가 미어지도록 퍼넣는 것이었다. 그것을 여남은이나 되는 동방(同房)의 죄인 대부분이 너도나도 하고 덤벼들어 단 한 젓갈이라도 빼앗아 먹으려고 다투고 불뚝거리고 욕질을 하고, 거기에 밥에 대한 인간의 동물적인 싸움이 잠시 동안 벌어지고 있었다.

이튿날도 나는 온종일 먹지 아니하였다.

두툼한 솜바지 저고리에다 솜버선에다 차입한 담요까지 지니고 지내고 사식(私食)을 차입받아 먹고 하는 사기죄인—그가 이 5호 방에서는 제일 고참으로 열여섯 달째 되는 사람이었다. 그가 점심때에는 나더러 간수한테 말을 하면 사식을 들여주니 이따 저녁부터라도 받아먹도록 하라고 권고하였다.

나는 글쎄…… 하고 애매히 대답하고 말았다. 나는 한 끼에 일 원 오십 전씩 하루에 사 원 오십 전이나 드는 사식을 들여 먹을 형편이 되질 못했었다.

저녁 역시 나는 관식벤또를 동방의 사람들에게 그대로 내주었다.

사기죄인이 저의 사식에서 부연 쌀밥을 절반이나 덜고 굴비랑 군고기랑 곁들여 내 앞으로 밀어놓으면서,

"이거라두 좀 자시우. 보아허니 그렇게 함부로 지나든 아녀시든 분네 같은데, 그렇다구 사뭇 저렇게 굶기로만 들어서야 쓰겠수."

하고 권을 하는 것이었다.

미상불 나는 현기증이 나도록 시장하였다.

보드라운 흰밥과 맛있는 반찬이 어금니에서 신침이 흐르고 회가 동하였다. 그러나 나는 세 번 네 번 권하여서야 겨우 두어 젓갈 밥을 뜨는 시늉하고 말았다.

사식은 들여 먹을 터수(살림살이의 형편이나 정도)가 못 되면서 입만 가져가지고 관식을 먹지 않고 앉아서 남이 덜어주는 사식덩이를 멀쩡히 얻어먹다니 염치가 아니요 양반 거지의 주접이었지 갈데없는 짓이었다.

"그래두 자셔야지 별수 없습넨다. 노형두 지끔은 첨이라 다 심사두 편안치 않구 해서 그렇겠지만서두 인제 두구 보시우. 배고픈 걱정 외에 더 걱정이 없을 테니. 어서 나가구픈 생각 집안일 죄다 잊어버리구 거저 먹을 것 생각밖엔 나는 게 없는걸."

사기죄인은 이런 말을 하였다.

나는 설마 그러랴 하였으나 이레(7일)가 못 가서 그의 말이 옳았음을 나는 깨닫지 아니치 못하였다.

쌀알갱이라야 눈 씻고 보아야 하나씩 둘씩 섞였을 뿐의 불면 알알이 다 날아갈 듯 퍼슬퍼슬한 노란 조밥, 씹으면 모래와 흙이 지금지금하는 그 알뜰한 조밥과 쓰디쓴 산나물이 아니면 시꺼멓게 썩은 세 조각의 짠무조각 반찬이 어떡하면 그렇게도 입에 회회 감기고 맛이 나는지 삼십오 년의 반생을 두고 나는 일찍이 그런 맛있는 밥을 먹어본 적이라고는 없었다.

납작한 양은벤또에다 골싹하니 푼 그 밥이 아무리 양이 적은 나에겔망정 양에 찰 이치가 없었다. 가에 붙은 좁쌀 한 알갱이까지 깨끗이 다

씻어 먹고 바쁜 젓갈을 놓으면 젓갈을 놓으면서 바로 배가 고프고 다음 끼니가 기다려졌다.

아침 일곱 시면 밥구루마가 떨걱거리면서 온다.

아침을 먹고 나서는 열두 시 점심이 올 때까지 간수의 앉았는 등 뒤에 걸린 시계를 백 번도 더 내다보면서 떨걱거리는 밥구루마 소리를 기다린다.

가까스로 점심을 먹고 나서는 이내 또 백 번도 더 시계를 내다보면서 여섯시 저녁을 기다린다.

이렇게 오직 밥을 기다리기를 일삼으면서 하루하루를 지우곤 하던 것이었다.

내가 나를 생각하여도 천박하기 짝이 없었다. 하루 종일 먹을 것만 탐하는 도야지나 다름이 없는 성싶었다.

모처럼의 기회는 기회겠다. 가만히 앉아서 정신을 집중시켜 사색 같은 것이라도 함직한 것이 아니냐고 스스로를 책망은 하여 보나 첫째는 본시가 그런 유유스런 성격이 되질 못하였고 겸하여 형(形)이 결정된 감옥의 죄수가 아니어놓아서 도저히 안존할 수가 없었다.

아무튼 조금은 자제력(自制力)이 있다고 할 내가 그러할 제 여느 잡범(雜犯)들이야 말할 나위가 없었다.

누가 밥을 남기든지 통째로 안 먹는 것이 있든지 하면 서로들 먹으려고 다투는 양이란 차마 보기에 민망한 것이 있었다.

규칙이 남는 밥은 도로 내보내되 아무도 함부로 먹지 못하도록 마련이었고, 그래서 그 규칙을 범하였다 발각이 나면 죽을 매를 맞고라야 말았다. 그러므로 남는 밥은 몰래 먹어야 하였고 큰 모험이 아닐 수 없었다. 하건만 그들은 감히 모험하기를 주저치 아니하였다.

제3호 방에 밥 하나가 더 들어간 것이 드러났다.

사월이라지만 유치장의 감방은 겨울 진배없이 추웠다. 간수는 제3호 방에다 밥 하나를 더 먹은 벌로 물을 세 통이나 끼얹었다. 그리고 밥을 노나 먹은 네 사람은 창살 밖으로 손목을 묶어 매달아놓고 한나절이나 격검채로 두들겨 팼다.

해방 후의 경찰서와 그 유치장의 범절이 어떠한지는 막시 모르나 일본식 경찰은 피의자에서부터 이렇게 잔학하고 동물적인 대우를 하였다.

저네의 소위 도야지울에서 과연 도야지의 대우를 받으면서 나 자신 역시 도야지 이상이질 못하는 채 한 달을 무료히 썩히었고 한 달 만에 비로소 취조실로 불리어나갔다.

형사는 없는 죄도 만들어낸다

그 몸과 얼굴과 눈과 심지어 수족까지 사나움이 질질 흐르는 일인 형사였다.

"독서회를 조직한 사실을 ○○○이가 자백을 했는데 너는 그래도 모른다고 뻗댈 테냐?"

형사는 쩡쩡 울리는 목소리로 이렇게 다잡았다.

"독서회를 조직했다구요?"

나는 섬뻑 무어라고 대답할 말이 없어 뚜렷거리다(어리둥절하여 눈을 이리저리 굴림) 반문하였다.

"그래 자백을 했어."

"나는 없습니다."

사실로 없었다.

모르면 몰라도 ○군이 매에 부대끼다 못해 허위의 자백을 하였거나 그렇지 않으면 그들의 상투 수단인 넘겨짚기일 것이었다.

이날의 문초에서 나는 그들이 무엇을 꾀하고 있는가를 비로소 알아채었다.

"여기에 좀 반지빨라(말이나 행동 따위가 얄미울 정도로 민첩하고 약삭빠름) 보이는 녀석이 있어 그 주위에 역시 주의 거리의 젊은 아이놈들이 모여 문학을 공부한답시고 책도 노나 읽고 의견도 교환하고 시국에 대해서 방자스런 방담을 더러 하는 모양이어……."

이만한 건덕지면 혹시 잘만 날뛰면 독서회쯤 사건 하나를 뚜드려 만들 수가 있을는지도 모르는 것이었다. 마치 대장장이의 망치가 뚜드리는 곳에 아무것도 아니던 녹슨 헌 쇳덩이가 뻐젓이 도끼며 식칼이 되어 나오듯이 저 전라북도 경찰부가 뚜드려 만든 카프 사건도 그런 솜씨의 요술이었을 것이었다.

한 열흘 후에 나는 두 번째 끌려나갔다. 그동안 ○군은

"독서회 일건은 절대 부인하시오. 그들은 저더러 선생님이 벌써 자백을 하였다고 하지만 저는 믿지 않습니다. 일기책을 뺏겼는데 거기에 더러 선생님한테 불리한 것을 쓴 것이 있어서 저는 그것만이 걱정입니다."

하는 쪽지를 연필로 감방 휴지에 적어 보낸 것을 받았고 그것으로 나의 추측이 한편치가 틀리지 않았음을 알았다.

이번에는 그는 일인 형사의 짝패인 머리통이 엄청나게 크고 짧은 다리로 여덟팔자걸음을 아기작아기작 걷는 김(金)가라는 조선 형사였다.

사납고 가혹하기로 개성 일판에서 이름이 난 형사였다.

그런 김가가 뜻밖에 부드러운 얼굴로 공대하는 말까지 쓰면서 문초를 하였다.

"그 왜 고집을 부리구 생고생을 하슈?"

"고집이 아니라 없는 사실을 부르라니 어떡헙니까."

"독서회라는 이름을 짓지 않었드래두 독서회의 행동을 했으면 사건은 성립이 되게 마련인 법인 줄 알면서 그러슈?"

"무얼 독서회의 행동을 한 것이 있어야지요?"

"가사(가령) 또 사건은 성립이 아니 된다구 치더래두 당신이 시방 미움을 받구 있는 것만은 사실인데 미움을 주기루 들면 한정이 없는 걸 모르슈? 일 년이구 이태 삼 년이구 처가둬두구서 곯리면 곯았지 별수 있나?"

고문보다도 또는 감옥으로 가서 징역을 살기보다도 가장 두려운 악형은 민두룸히 그대로 경찰서 유치장에다 가두어두고 생으로 사람을 썩히는 것이었다.

사상관계자로 붙잡혀 들어갔다 이렇다 할 사건도 없는 사람이면서 몇 해씩을 현재 그렇게 생으로 썩고 있는 사람이 전 조선의 경찰서 유치장을 턴다면 얼마든지 나올 수 있는 사실이었다.

또 사상관계자만이 아니요 멀리 다른 곳에 실례를 찾을 것이 없이 당장 내가 갇혀 있는 한방에도 사기횡령으로 몰리어 붙잡혀 들어와가지고 일년과 넉 달이 되는 사람이 있지 않은가.

나는 무쇠의 탈을 쓰지 아니한 무쇠탈을 연상하고 속으로 전율하였다.

김가는 짐짓 부드러운 얼굴과 공순한 말로써 회유를 하는 한편 무형의 무쇠탈로써 은근히 위협을 하자는 심담인 모양이었다.

　나는 없는 죄를 자백하고 가서 징역을 사느냐 경찰서 유치장에서 장차 얼마일지를 모를 세월을 썩느냐 두 가지 중에서 하나를 택하여야 하였다.

조선문인협회에서 온 엽서 덕에 경찰서를 나간다

　이때 나를 구원하여 준 것이 생각지도 아니한 한 장의 엽서였다.
　다시 열 며칠인가 지나서였다.
　일인 형사가 끌어내가더니 어인 심인지 빈들빈들 웃으면서,
　"나가구푼가?"
하고 물었다.
　나는 섬뻑 무어라고 대답을 못하고 눈치만 보았고 했더니 재쳐
　"나가구퍼?"
　그제야 나도
　"있구퍼서 있나요?"
　"음……."
　그리고는 한참이나 내 얼굴을 여새겨보고 나서,
　"조선문인협회라구 하는 것이 있나?"
　"있습니다."
　"무엇 하는 단첸구?"
　"조선사람 문인들이 모여서 문학으루 나랏일을 도웁자는 것입니다."
　"어떤 발연으루 생긴 단첸가?"

"총독부와 민간의 유력한 내지인(일본인)들이 서둘러주었습니다."

"회원은 전부 센징이겠지?"

"찬조회원이나 명예회원은 내지인이 많습니다."

"조선문인협회에서 북지 방면으루 황군위문대를 파견한다구?"

"그렇습니다."

"이것이 그 통첩인가?"

그러면서 한 장의 엽서편지를 내어놓았다.

문인협회로부터 북지 방면으로 황군위문대를 회원 중에서 파견하고자 하는데 그 구체적 협의회를 아무 날 아무 곳에서 열겠으니 참석하라는 엽서가 지난번 서울을 가기 조금 전에 온 것이 있었다. 바로 그 엽서였다. 나중 놓여나가서 알았지만 내가 놓여나가던 십여 일 전에 두 번째 와서 수색을 하였고 그때에 잡지 틈사구니에가 끼었다 떨어지는 이 엽서를 가져가더라고 집안사람이 말하였다.

"거기 보면 삼월 이십팔 일인가 위문대 파견하는 협의회를 열겠다고 했는데 참석했는가?"

"했습니다. 실상 지난번에 서울 간 것도 그 때문이었습니다."

"어떤 결정을 했는가?"

"회원 중에서 명망이 있는 사람으로 몇 사람을 뽑아 파견하기로 했습니다."

"누구누구가 뽑혔는가?"

"그것은 전형위원에서 맡아 하기로 했습니다."

"비용은?"

"당국의 보조로 쓰기로 했습니다."

"음……."

그자는 이윽고 얼굴과 음성을 준절히(매우 위엄이 있고 정중함) 하여가지고,

"이번 사건이 그대들은 암만 그렇게 부인을 해도 증거가 역력히 있고 하니깐 성립을 시키자면 충분히 시킬 수가 있단 말야, 응?"

"네."

"그렇지만 첫째는 고의로 그런 것이 아니라 무의식중에 그렇게 된 모양 같고, 또 일변 조사를 한 결과 그대는 조선문인협회의 회원으로 대단히 열심이 있는 사람이 판명이 되었고 해서 이번 일은 특별히 용서를 하는 것이니, 응?"

"네."

나는 실상 서울에 가 있었으면서도 그 협의회는 참석을 아니하였다. 회의 경과도 그래서 노상에서 우연히 ○○○를 만나서 이야기로 들었을 따름이었다.

또 형사는 조사를 해본 결과 어쩌고 하였지만 내가 그 뒤에 서울로 가서 알아본 것에는 개성경찰서로부터 문인협회서 나에 대한 신분의 조회 같은 것은 온 것이 전혀 없었던 모양이었다.

"또 다른 세 사람은 나이알라 아직들 어리고 한데 전과자의 신분을 가져서는 정상이 가긍할 뿐 아니라 장차 나라를 위해 일을 할 때에도 상처가 될 것이요 해서 십분 용서를 하는 것이니, 응?"

"네."

"이훌랑 각별히 주의를 하고 더욱더욱 나랏일에 충성을 해야 해."

"네."

"이 다음 만일 무슨 불미한 일이 있으면 그때는 일호 용서 없다?"

"네."

돈의 힘으로 경찰서를 쥐락펴락하고 형사나 순사 나부랭이를 하인 부리듯 하는 개성 제일 갑부의 젊은 자제가 나의 가형과 친구의 청을 받고 그 두 형사를 불러 술을 먹이는 길에 이 꺽지(민물고기 이름) 같은 자식들아 할 일이 없거든 발바닥이나 긁고 앉았지 그 사람이 무슨 죄가 있다고 때려 가두어 놓고는 지랄들이냐고 시퍼렇게 지청구를 해주더라는 소식을 놓여나와서 들었다.

그것이 보람이 있기도 하였겠지만 결정적인 것은 역시 문인협회의 한 장 엽서였던 듯싶었다.

문인협회에 대한 대답 가운데 요긴한 것은 임시로 그 자리에서 나에게 유리하도록 꾸며댄 대문이 많았으나 아무튼 대일협력이라는 주권(株券)의 이윤이 어떠하다는 것을 실지로 배운 것이 이 개성 사건이었다.

나중 가서야 어찌 되었든 우선 당장은 나아가지 않더라도 새끼로 목을 얽어 끌어내지는 아니할 것이며 누워서 배길 수가 없잖아 있는 소위 미영격멸 국민총궐기대회의 강연을 피하려 않고서 내 발로 걸어 나갔던 것은 그처럼 대일협력의 이윤이 어떻다는 것을 안 것이 있었기 때문이었다.

많은 수효의 영리한 사람들이 저의 이익과 안전을 도모하기 위하여 진심으로 일본 사람을 따랐다.

역시 적지 아니한 수효의 사람이 핍박을 받을 용기가 없어 일본사람에게 복종을 하였다.

복종이 싫고 용기가 있는 사람은 외국으로 달리어 민족해방의 투쟁을 하였다. 더 용맹한 사람들은 외국으로 망명도 않고 지하로 숨어 다니면서 꾸준히 투쟁을 하였다.

용맹하지도 못한 동시에 영리하지도 못한 나는 결국 본심도 아니면서 겉으로 복종이나 하는 용렬하고 나약한 지아비의 부류에 들고 만 것이었다.

3

대일협력은 어쩔 수 없는 것이었다

눈이 쌓이고, 한참 춘이월 초생이었다.

송화군(松禾郡)에서 맡은 곳을 다 마치고 마지막 풍천읍(豊川邑)에서의 길이었다.

강연을 마치고 나니, 다음 예정지로 가는 버스가 두 시간 후에 떠나는 것이 있었다.

주인 편의 여러 사람과 점심을 먹고 있는데, 밖에서 손님이 찾는다는 전갈이 들어왔다.

이 고장에 알 사람이라고는 없는데 하고 의아해하면서 나가보았더니, 초면의 두 청년이었다. 하나는 건장하고, 하나는 그와 정반대로 얼굴이 병적으로 창백하고 몸이 파리한 대조적인 두 사람이었다.

나는 그들이 모르는 사람인 것을 발견하는 순간 가슴이 더럭하였다. 그러나 한편으로는 반가웠다.

그동안 다섯 차례를 강연을 하였는데, 청중 가운데 밀끔밀끔하니 땟물이 벗고 표정이 다부진 청년들이 한 패씩 들어와 있지 않은 자리가

없었건만, 내가 강연이랍시고 맨 멀쩡한 소리를 지껄이고 섰어도, 단 한 번인들,

"개수작 집어치워라."

하고 고함치는 사람이 있는 것을 보지 못하였다.

항차(황차, 하물며), 밤 같은 때 사처로 달려들어 몰매질을 하고 있는 따위는 싹도 볼 수가 없었다.

안전과 무사가 물론 다행치 아니한 것은 아니었다. 그러나 젊은 사람들까지가 이다지도 기운이 죽었는가 하면 적막하고 슬펐다.

그러던 차라, 미지의 젊은 사람네의 찾음을 만나니 가슴 더럭한 것과는 따로이, 여기는 그래도 기개 있는 젊은이가 있는 것이나 아닌가, 노백린(盧伯麟, 독립운동가. 임시정부 군무총장 역임) 씨의 생지가 그래도 다른가 보다 싶어, 그래 반가운 생각이 들던 것이었다.

그러나 나는 그들이 너무도 적의가 없어 보이고, 말이랑이 공순한 것이며, 또 몰매질을 하러 온 것으로는 단둘이라는 것이 과히 단출한 것이며에 이내 도로 안심과 실망을 함께 느꼈다.

건장한 편인 노(盧)군, 창백하고 파리한 편인 이(李)군이었다.

수인사가 끝난 후 노군이 물었다.

"선생님, 언제 떠나시죠?"

"이따, 오후 버스로 떠나기루 했습니다."

나의 대답에 둘은 문득 절망을 하면서 다시 노군이

"웬만하시면 낼 아침 버스로 떠나시게 하시구서, 오늘 저녁 저이들 허구 좀 만나 주셨으면……."

"예정이 있어놔서 그럽니다."

둘은 서로 보면서 못내 섭섭하여하다가, 이군이 이번엔 묻는다.

"정 그러시다면 단 한 시간이나 삼십 분이라두 여기서 점심이 끝나시는 대루 저이허구 좀."

"그럭허십시오."

주먹이 나올지 팥죽이 나올지 그것은 나중 보아야 할 일이요, 나는 나로서 지방의 젊은이들이 이 판국에 바야흐로 무엇을 생각하며, 무엇을 바라며, 하는지를 아는 것도 일종의 의무처럼 생색 있는 일이었다.

첩경 그러기가 쉬웁듯이, 점심자리가 술자리로 벌어지는 것을 속히 속히 끝내게 하느라고 하기는 하였지만, 워낙 시간의 여유가 많지 못했던 소치로 젊은이들이 기다리는 자리는 가 앉았다 그대로 일어서야 할 만큼 시간은 촉박하였다.

사과와 과실과 차를 준비하여 좋은 자리에, 노군과 이군 외에 한 또래의 청년이 두어 사람과, 하나는 음악을, 하나는 문학을 각기 좋아한다는 소녀도 둘이 와서 있었다.

다시 초면 인사를 하고, 둘러앉아서 한 잔씩의 차를 마시기가 바쁘게 버스는 떠날 시간이 되었다.

노군과 이군이 서로가람, 내일 아침에 떠나도록 하고, 하룻밤 자기들과 이야기를 하여 주어 달라고, 지방에서는 선배들을 항상 그리워하는데 모처럼 기회를 그냥 놓치기가 여간 섭섭지 않다고 간곡히 만류를 하였다.

나는 그날 풍천읍을 떠나 송화온천까지 가 거기서 장연(長淵)으로부터 나를 맞으러 오는 사람과 만나, 다음날 장연으로 가서 준비를 하여 가지고, 그 다음날부터 강연을 하기로 다 배비(배치하여 설비함)가 되어 있었다. 그러나 나는 장연 편과 연락에 어긋이 나고, 가사 그래서 장연에서의 예정에 상치(일이나 뜻이 서로 어긋남)가 생기는 한이 있다더라도 이 젊은이들의 만류를 뿌리치고 일어설 수는 없었다.

밤에는 열둘인가로 사람이 더 불었다.

이십으로부터 이십사오 세까지의, 대개는 중등 이상의 학력을 가진, 모두가 준수한 젊은이들이었다.

한 청년이 말하였다.

"우리는 시방 앞날이 깜깜합니다. 자꾸만 비관이 됩니다. 어떻게 하면 좋을지 모르겠어요."

나는 단박에 대답이 막혔다.

그야 대답을 하기로 들면, 시원히 하여줄 말이 없는 것은 아니었다. 그러나 이십여 명 이상이나 모인 사람들이, 그 사람들은 막상 다 미더운 사람들이라고 하더라도, 내가 이 자리에서 한 말이 한 집 건너고 두 입 건너 필경엔 경찰의 귀에까지 들어가지 말란 법이 없다는 것을 어떻게 보장할 것인고.

명색이 선배라고 믿고서 그들은 진심의 호소를 하던 것이었다.

모인 전부가 낮에 강연회에도 와서 들었다고 한다. 그러니 낮에 강연회에서 지껄인 소리는 본의가 아니고 할 수 없이 그런 것이요, 진심은 그렇지 않거니 이렇게 나를 믿고서 자기네도 진심을 토로함이었다.

소문이 퍼질까 저어하여, 경찰의 형벌이 두려워, 이 나를 믿고서 와 안기어 고민을 호소하는 젊은이들의 진심에 대하여 한가지로 진심이지 못하는 나의 비겁함, 그 용렬스러움.

나는 나 자신이 야속하고 또한 슬펐다.

"너무 범위가 막연한데…… 가령 어떤 방면으루 말이지요?"

나는 아무려나 우선 이렇게 반문을 하였다.

"여기 모인 우린 태반이, 증병이나 학병으루 끌려나가야 할 사람입니다. 끌려나가서 개죽엄을 해야 합니까?"

나는 등에 찬물을 끼얹은 것 같았다.

여럿은 먹기를 멈추고, 긴장하여 나의 대답을 기다렸다.

"우리가 앞으로 살아나가는 데 일본사람과 꼭같은 권리를 주장하자면, 피도 좀 흘려야 아니할까요? 피를 흘리면 흘린 피의 대가를 요구할 권리가 생기지 아니합니까?"

"네…… 그렇지만……."

그는 불만한 눈치였다.

그 불만이어 하는 것이 만족하여 하는 이보다 얼마나 다행스런지 몰랐다.

이어서 다른 사람이 말을 하였다.

"도무지 차별대우가 아니꺼워서 못 견데겠어요."

"차별대우를 받지 않도록 우리두 실력을 가져야 하겠지요. 문화적으로나 경제적으로나 그 사람네보다 떨어지지 않는 수준에 도달해야 하겠지요. 우리 전체가 노력을 해서, 그만한 실력을 가지는 다음에야 언감히 우리를 하시하겠습니까?"

"같은 학교를 같은 해에 일본아이는 꼴지루, 조선사람은 첫찌루 졸업을 했는데, 한날한시에 들어간 회사에서 월급이 우선 다르지요. 일본아이는 조금 있으면 승차를 하는데, 조선사람은 만날 그 자리지요. 실력두 별수가 없잖아요?"

"개인으로는 우리가 일본사람보다 나을 사람이 있다지만, 전체로야 어디 그렇습니까? 우리 전체가 일본사람 전체보다 나은, 적어도 같은 수준에 이르도록 실력을 가져야 하고, 그때를 기다려야 하겠지요."

이 실력론이나 먼저의 피의 대가의 주장론, 친일파 가운데에서도 제 소위 진보적이라고 하고 내선일체주의자라는 이름으로 불리는 극단파에서 하는 주장이었다. 그러기 때문에 그들은, 친일파는 친일파이면서도 총독부와 군부의 미움과 주목을 받는 패들이었다.

나는 목마른 젊은이들이 바라는 한 그릇의 시원한 냉수를 주는 대신, 그런 친일파의 괴설을 빌려 결국 한 숟갈의 쓰디쓴 소태를 주고만 셈이었다.

뼈다귀가 부러지거나 골병이 들도록 늘씬 몰매를 맞은 이보다도 더 아픈 마음을 안고 사관으로 돌아가 누웠다.

타협보다는 꿋꿋한 정신이 필요하다

잠을 이루지 못해하는데, 이군이 혼자 찾아왔다.

"사람을, 이사람 저사람 너무 여럿을 오게 해서 선생님 퍽 거북하셨을 줄 압니다. 그러나 사람들은 다 안심할 수 있는 사람들입니다."

이군은 두 무릎을 단정히 꿇고 앉아서 사과 겸 변명을 한 후에

"어떡허면 좋겠습니까, 선생님?"

하고 침통히 묻는 것이었다. 징병이며 학병에 대한 것이었다.

나는 서슴지 않고 대답하였다.

"되도록 나가지 말라고 권하고 싶습니다, 무슨 수단을 써서든지."

"……."

말없이 나를 보는 이군의 그 창백한 얼굴은 빛났다. 눈에는 눈물이 괴었다. 괸 눈물이 인하여 넘치어 흘렀다.

나도 눈가가 뜨거웠다.

"이왕 한마디 부탁이 있소이다. 꿋꿋한 정신을 기르구 지켜주십시오. 강한 자에게 굽혀 목전의 구차한 안전을 도모하는 타협생활보다, 핍박을 받을지언정 굽히지 않고, 도리어 그와 싸워 물리치겠다는 꿋꿋한 정신을 기르구 이겨주십시오. 우리가 과거 수천 년래 대륙민족의 압제를 받은 것이나 오늘날 일본의 종노릇을 하게 된 것이나, 우리의 침해하고 우리를 억누르는 외적과 마주 싸워내는 꿋꿋한 정신이 모자랐기 때문입니다. 강한 자에게 굽히고 아첨하여 구차한 일시 일시의 안전만을 도모하는 타협주의 이것이 우리 민족성의 큰 결함입니다. 오늘의 우리의 불행은 이 민족성의 결함에서 온 것이요, 그 결함을 고치지 않는 이상 우리는 민족적으로 멸망을 당하거나, 내일도 오늘처럼 영원히 불행할 것입니다. 시방 우리한테 특별히 젊은이들한테 절절하게 필요한 것은, 굴치 안하고 싸워 내는 꿋꿋한 정신입니다. 그렇지만 그것도 한사람 한사람이 따로따로이만 꿋꿋했자 아모 소용도 닿지 않습니다. 여럿이 모이는 데서 비로소 힘이 생기는 것입니다."

"……."

이군은 머리를 소곳하고 듣고만 있었다.

나는 음성을 고치어 그 다음 말을 하였다.

"그러나, 조심하십시오. 첫째, 서로 친하다는 것과 믿고서 속을 줄 수 있는 사람이라는 것과는 다른 것입니다. 둘째, 혈기를 삼가시오. 혈기는 경솔과 상거가 항상 가차운 것이니까요."

"……."

"그리고 또 한 가지 내 소견을 말하라면, 시방 이 야만된 폭력주의가 아무래도 인류 역사의 노멀한 현상은 아닐 것입니다. 정녕 한때의 변조 같습니다. 과히 암담해하거나 실망들은 할라 마십시오. 수히 정상상태로 돌아갈 날이 올 듯두 합니다."

"고맙습니다, 선생님. 하신 말씀 명심하겠습니다. 믿겠습니다."

이군은 고개를 들고, 아직도 흐르는 눈물을 주먹으로 씻으면서 목멘 소리로 숨가쁘게 그러던 것이었다.

이 밤에 나는 조금은 속이 후련하고 짐이 덜리는 것 같았다. 그러나 계속하여 뭇사람을 모아놓고 미국 영국은 나쁜 놈들이요, 일본이 옳고, 전쟁은 시방이 한 고패요, 조선사람들은 어서 바삐 증산을 하고 저축을 많이 하고 하여 이 전쟁을 일본의 승리로서 빨리 끝내도록 협력해야 한다는 강연을 하고 다니는 사람―보기 싫은 양서동물(兩棲動物)이 아니 되지 못하였다.

시골행은 대일협력으로부터의 도피다

그 뒤 1944년 5월에는 작가 다섯 사람과 화가 다섯 사람을 추려 소설가 하나에다 화가 하나를 껴 다섯 패를 만들어가지고, 전라남도 목포의 목조조선소(木造造船所), 강원도 영월 무연탄광, 평안북도 강계의 무수알콜(無水酒精)공장, 같은 평안북도 용천의 불이농장, 역시 평안북도 양시의 알루미늄공장 이 다섯 곳 생산현장으로 그 한 패씩을 파견하는 한 패에 뽑히어, 나는 양시의 알루미늄공장으로 갔었다. 할 일이라는 것은, 가서 한 일주일 가량씩 묵으면서 생산현장의 실지견문을 얻어가지고 돌아와 화가는 증산하는 그림을, 소설가는 증산소설을 각각 쓰는 것이요, 주최와 발안은 총력연맹 문화과였다.

나는 다녀와서 이백 자 스무 장인가를 써 내놓았고, 일어로 번역을 누구에겐지 맡겨서 시킨다고 하더니, 그대로 우물쭈물 발표는 되지 않았었다.

다시 그해 가을에는 강원도 김화(金化)로 전년의 황해도 적과 비슷한 강연을 갔었다.

이보다 조금 앞서, 매일신보에다 연재소설을 쓰기 시작한 것이 있었다.

검열이, 신문사의 편집자를 시켜 작자에게 다짐을 요구하였다. 반드시 시국적인 소설이어야 할 것과, 소설의 경개(요점을 간단하게 적은 줄거리)를 미리 제출할 것과, 그 경개대로 충실히 써나갈 것 등속의 다짐이었다.

유일한 생화(生貨, 생활에 필요한 돈이나 재물)가 그때나 지금이나 매문(賣文, 글을 파는 것)이요, 매문을 아니하고는 이 합 이 작의 배급쌀조차 팔 길이 없는 철빈…… 요구대로 다짐을 두고 쓰기를 시작하였다.

쓰면서 가끔 배신을 하다가 두어 차례나 불려 들어가, 검열관—퇴직 순검한테 꾸지람도 듣고, 문학강의도 듣고 하였다. 잘하나 못하나 이십 년 소설을 썼다는 자가 늙바탕에 와서 순검한테 문학강의의 일석을 듣고…….

그러나 일변 생각하면 받아 싼 욕이었다.

바이런(George G. Byron, 영국 낭만파 시인)인지는 자다가 아침에 깨어보니

민족의 죄인

제가 그렇게 유명하여져 있더라고 하였다지만, 나는 하루아침 잠이 깨어 수렁[無底沼 ; 끝없이 빠지는 늪] 가운데에 들어섰는 나 자신을 발견하였다. 한정 없이 술술 자꾸만 미끄러져 들어가는 대일협력자라는 수렁.

정강이까지는 벌써 미끄러져 들어가 있었다. 그러나 시방이라면 빠져나올 수 없는 것도 아니었다.

만일 이때에 빠져나오지 않는다면, 정강이에서 그 다음 허벅다리로, 허벅다리에서 배꼽으로, 배꼽에서 가슴패기로, 모가지로 이마로, 그리고 영영 풍당…… 하고 마는 것이었다.

몸은 터럭이 있는 대로 죄다 곤두설 노릇이었다.

서울서 떠나 궁벽한 시골로 가 있기만 한다면 강연 같은 것을 하라고 불러내는 곶감의 미끼에 반겨, 응하고 나설 기회가 태반 봉쇄될 것이었다.

시골로 가서 있으면 한 가락의 호미가 보리밥의 반량이나마 채워주어 창녀 못지 아니한 그 매문질은 아니 할 수가 있을 것이었다.

일본의 패전, 그 다음에 오는 것의 불안과 공포랄지, 눈에 살기를 머금은 일본 병정들의 등더미를 겨누는 기관총부리의 위협이랄지, 이런 것 외에도 멀찍이 궁벽한 시골로 낙향을 하여야만 할 또 한 가지의 다른 사정이란, 곧 이 대일협력의 수렁으로부터의 도피행 그것이었다.

그리고 그렇게 하였다.

그러나 결코 용감히 뿌리치고서 일어서고 하였던 바는 아니었다. 역시 나다웁게 용렬스런, 가만한 도피행일 따름이었다.

새삼스럽게 무슨 지조가 우러나는 것이 있었음도 아니었다.

후일에 혹시 문죄(問罪)라도 당하는 날이 있을까 보아 그날에 벌을 가

녑게 하자는 계책인 것도 아니었다.

지금까지의 행적을 사는 고장을 옮김으로써 남에게 숨기기라도 하는 것은 더욱이 아니었다. 그런 점으로는 차라리 객지인 광나루가 더 유리하였다.

오직 그 대일협력이라는 사실에서 풍기어 나오는 악취, 그것이 못견디게 불쾌하였고, 목전에 그것을 면하고 싶은 지극히 당면적인 간단한 욕망으로서일 뿐이었다.

아무리 정강이께서 도피하여 나왔다고 하더라도, 한번 살에 묻은 대일협력의 불길한 진흙은 나의 두 다리에 신겨진 불멸의 고무장화였다. 씻어도 깎아도 지워지지 않는, 영원한 죄의 표지(標識)이었다. 창녀가 가정으로 돌아왔다고 그의 생리(生理)가 숫처녀로 환원되어지는 법은 절대로 없듯이.

또, 정강이께서 미리 도피를 하여 나왔다고 배꼽이나 가슴패기까지 찼던 이보다 자랑스러울 것도 없는 것이었다. 가사, 발목께서 도피를 하여 나오고 말았다고 하더라도 대일협력이라는 불길한 진흙이 살에 가 묻었기는 일반인 것이었다. 그러므로 정강이까지 들어갔으나, 발목까지만 들어갔으나, 훨씬 가슴패기까지 들어갔으나 죄상의 양에 다소는 있을지언정 죄의 표지에 농담(濃淡)이 유난히 두드러질 것은 없는 것이었다.

4

시골에서의 삶은 막막하기 그지없다

소개랍시고 고향으로 내려오기는 하였으나 막막하기 다시없었다.

사월이면 여느 때에도 춘궁이니, 보릿고개니 하여 넘기가 어려운 고패인데, 지나간 해가 연사(농사가 잘되고 못된 형편)가 좋지 못하였다. 그런데다 거두지도 못한 벼를 공출로 닥닥 긁어갔었다.

그리고는 명색이 배급입네, 환원미입네 하고, 한 달이면 한 집에 쌀 한두 되에다 썩은 강냉이 몇 되씩을 약 주듯이 주고 있었다.

백성들은 태반이 하루 한때 풀잎죽으로 아사(굶어 죽음)를 면할락말락 하면서 누렇게들 떠가지고 춘경이 돌아왔건만 파종할 기운을 내지 못하고 있었다. 우환 중에 보리가 흉년이었다. 백성들은 장차 시월까지 이 봄과 여름을 살아나갈 방도가 막연했다. 나의 고향집에는 팔십 넘은 노모와 육십의 장형(맏형) 내외가 있었다. 거기에다 나에게 딸린 가솔이 넷.

이 여덟 식구를 나는, 내가 책임을 져야만 하였다.

쌀은 사기도 어려웠거니와 내가 뭉뚱거려가지고 내려간 삼천 원의 돈으로 쌀을 사서 먹자면, 한 달을 지탱할까말까 한 것이었다. 그러나마 나는 그 돈 삼천 원으로 농자(農資, 농사의 자본)를 삼아 금년 농사를 지어야 하였다. 붓을 꺾어버린 이상, 서울서처럼 원고료의 수입은 전혀 없을 터이었다. 죽으나 사나 농사 한 가지에다 생도(生途, 살 길)를 의탁하는 밖에 없고, 그리하자면 그 돈 삼천 원을 당장 아쉽다고 먹어 없애는 수는 없었다. 나는 하릴없이 팔십 넘은 노모를, 그림자 보이는 나물죽을 드렸다.

배탈이 난 네 살배기 어린놈을, 썩은 배급 강냉이밥을 먹였다.

논(水田) 농사는 숙련된 기술과 나로서는 감당치 못할 울력이 드는 것이라 부득이 비싼 삯꾼을 사대어야만 하였지만, 밭농사는 아내와 함께 둘이서 하기로 하였다.

　가을에 논의 신곡이 날 때까지 보태어 먹을 것으로 서속도 심고, 감자도 심었다. 밭벼(陸稻)도 심었다. 채마도 가꾸었다.

　그런 중에도 제일 빨리, 제일 손쉽게 먹을 수 있는 것으로 강냉이와 호박을 구석구석에 돌아가면서 많이 심어놓았다.

　아내나 나나 일찍이 하여 보지 못한 노릇이라 대단히 힘에 겨웠다. 일쑤 코피를 쏟았다. 가끔 몸살이 나 앓기도 하였다.

　몸 고단한 것보다도 더 어려운 것은 시장이었다.

　조반은 뜨는 둥 마는 둥, 점심은 없는 날이 많았다. 사오월 기나긴 해를 허리띠 졸라매어가면서 땅을 파고 풀을 뽑고 하노라면 석양 때에는 깜박 현기증이 나곤 하였다.

　그렇지만 편안히 있다 굶어 죽느냐, 밭고랑에 쓰러져가면서라도 심고 가꾸어 먹고 살아가느냐 하는 단판씨름인지라, 괴로움을 상관할 계제가 아니었다.

잡담이 신문에 실린 덕에 징용을 면제받는다

　오월로 들어 일이 조금 너끈한 틈을 타 서울 걸음을 하였다. 짐을 꾸리어 남의 집에다 맡겨둔 채 내려오지 못한 것을 가 운송편으로 띄우고자 함이었다.

　매일신보에 들렀더니, 사회부원이 마침 잘 만났다면서 소개를 가서 지내는 형편을 말하라고 하였다.

　무엇보다도 식량사정이 핍절하노라고, 내 손으로 강냉이를 삼사백 포기, 호박을 오륙십 포기 심어놓고, 그것이 자라서, 열매가 열어서, 익어서, 마침내 시장한 배를 채워 줄 날을 침 삼키며 기대면서, 일심으로 매 가꾸노라고 이런 의미의 대답을 하였다.

그 다음날 지면엔 '소개의 변(疏開의 辯)' 제2회째던가로 나의 사진과 함께 내가 소개를 가 붓을 드는 여가에 괭이를 들고 땅을 파며 강냉이를 삼사백 포기나, 호박을 오륙십 포기나 심고 하여, 시국하 식량증산 운동에 크게 이바지를 하는 동시에, 농민들에게도 모범을 보이고 있다는 요령의 기사가 잘 씌었다. 고마웠다. 그것으로 징용도 면하고, 주재소의 주목 대신 존경도 받고 하였다. 윤의 그

"호박이랑 옥수수랑 많이 수확하셨습디까?"

하고, 빙긋 웃기까지 하면서 하던 노골한 경멸과 조롱은, 이 매일신보의 기사 '소개의 변' 에다 두고 한 것이었다.

그러므로 그것은,

"이놈아, 이 민족반역자야."

타매(唾罵, 아주 더럽다 생각하며 경멸히 여겨 욕함)와도 다름이 없는 것이었다.

5

대일협력은 선택이 아니라 살기 위한 방편이었다

주인 김군이 돌아왔다.

그는 출판을 하자면 선전소용으로도 부득불 잡지를 조그맣게나마 하나 가져야 하겠다는 것과, 그 첫 호를 수히 내고자 하니 누구보다도 자네들 두 사람이 편집 방침으로든지, 원고로든지 적극적으로 도와주어

야 하겠다는 것을 간단히 이야기한 후에, 나더러 먼저

"우선 자넬랑은 소설을 한 편 짤막하구두 썩 이쁘장스런 걸루다 한 편. 기한은 이 주일 안으루…… 이건 명령적 성질을 가진 것야. 위반을 했단 괜히."

"어떻게 생긴 소설이 그 이쁘장스런 소설인구?"

나는 농삼아서라도 이렇게 반문할밖에.

"가령 옐 든다면, 자네가 이번에 ××에다 쓴 「맹순사」 같은 소설은 도저히 이쁘장스런 소설이 아니니깐."

"그렇다면 다른 사람더러 부탁하는 게 술걸."

"이왕 말이 났으니 말이지, 8·15 이후 여지껏 침묵하고 있다 첫 작품이 그런 거라군 좀 섭섭하데이."

"재주가 그뿐인 걸 어떡허나?"

나는 차라리 그 자리에 윤이 있지 않았더면

"대작을 쓰느라구 침묵했던 줄 알았던감?"

하였을 것이었다.

"인전 소설두들 쓰기 편허죠?"

윤이 거들고 묻는 말이었다.

"노상 그렇지두 않은 것 같습니다. 검열이 없어지구 보니깐, 인력거꾼이 마라송(마라톤)은 잘 못 하듯이."

"아, 내선일체 소설들두 썼을랴드냐 지금야."

"……."

검열이 없어지기 때문에 긴장이 풀려서 도리어 쓰기가 헛심이 쓰인다는 말에 대한 반박이

'내선일체 소설도 썼을랴드냐.'
라니 당치도 아니한 소리였다.

자못 탈선이었다.

나를 욕하고 싶어 생트집을 잡는 노릇이었다.

나는 속에서 뭉클하고 가슴으로 치닫는 것을 삼키고 참았다. 아니 참고 대들었자 무엇 꿘 놈이 성낸다는 꼴이요, 치소(빈정거리며 웃음)나 더 할 따름이었다.

험하여지는 공기를 눈치 채고 김군이 얼른 말머리를 돌려놓는다.

"소설은 아무튼 그럭허기루 허구, 윤군 자넬랑은 이걸 좀 써주겠나? 패전을 통해 본 일본인의 민족기질."

"내 영역두 아니지만, 그런 게 무슨 제목거리가 되나?"

"삼기루 들면 크지. 난 그래 좌담회라두 열까 했지만 그럴 것까진 없구. 아 학생들이, 심지어 중학생꺼지두 십 년 후에 보자면서 요새 여간 긴장과 열심들이 아니래잖아? 그런데 한편으루 재밌는 모순은 딱 전쟁에 지구 나니깐 그 흘개 빠지구 비굴하던 꼬락사닐 좀 보란 말야. 세상 앙칼지구, 기승스럽구, 도고허구 하던 거, 그거 일조에 다 어디루 가구 서들 그 따위루 비굴하구 반편스럽구 겁 많구 하느냔 말야. 난 사실 일본이 전쟁에 져 항복을 하는 날이면 굉장히 자살들을 하구 나가자빠지려니 했었는데, 웬걸…… 더구나 지도자놈들, 고련 얌체빠지구 뻔뻔스럽다군. 그중에서두 조선 나와 있던 놈들, 그 기염(氣焰, 불꽃처럼 대단한 기세), 그 교만 다 어떡허구서…… 무엇이냐 고천(古川. ふるかわ; 후루카와) 이놈은 함북지사루 갔다 게서 붙잽힌 채 경찰서 고쓰카이(小使; 소사, 잔심부름꾼)질을 하구 있더라구?"

"흥, 남 말을 왜 해."

윤은 그러면서 입을 삐죽

"명색이 지도자놈들이 얌체빠지구 뻔뻔스런 건 하필 왜놈들뿐이던가? 조선놈들은 어떻길래?"

"조선사람 문젠 그 제목엔 관계가 없으니깐 잠깐 보류하구……."

김군이 나의 낯꽃을 살피면서 그러던 것이나, 윤은 묵살하고 그대로 계속하여

"왜놈들의 주구(走狗, 사냥할 때 부리는 개, 앞잡이)가 돼가지구 온갖 아첨 다 하구, 비윌 맞추구 하면서 순진한 청년, 어리석은 백성을 모아놓군 구린내 나는 아굴지루다 지껄인닷 소리가, 소위 예술가니 평론가니 하는 놈들은 썩어빠진 붓토막으루 끼적거려 낸닷 소리가, 황국신민이 되라 하기, 내선일체를 하라 하기. 미국 영국은 도둑놈이요 불의하구 전쟁에는 반드시 지구 멸망할 운명에 있구, 일본은 위대하구 정의요 전쟁엔 반드시 이기구 영원투룩 번영할 터이구 하다면서, 그러니 지원병에 나가구 학병에 나가구 증병에 나가 일본을 위해 개죽엄을 하라구 꼬이구 조르기. 굶어 죽더라두 농사한 건 있는 대루 죄다 공출에 바치라구 꼬이구 조르기. 가족은 유리하구 집안은 망하더라두 증용에 나가라구 꼬이구 조르기……."

"너무 과격해. 너무 과격해. 잡지 편집회의룬 탈선야."

"개중에두 제 소위 소설가니 시인이니 하는 놈들……."

그러다 윤은 나를 흘낏 돌려다보면서─그것은 차마 정시하기 어려운, 적의와 증오로 찬 얼굴이었다─그런 얼굴로 나를 돌려다보면서

"비단 당신 하나를 두구서 하는 말이 아니니, 어찌 생각은 마슈."

하고는 도로 김군더러

"잘하나 못하나, 소설이니 시니 해서, 예술일 것 같으면 양심의 활동이요, 진리의 탐구와 그 표현이 아니냐 말야. 물론 소설가나 시인두 사람인 이상, 입이룬 거짓말을 한다구 하겠지만, 붓으룬 거짓말을 하길 싫어하는 법인데, 또 하필 아니 되는 법인데, 그래 멀쩡한 거짓말루다 황국신민 소설, 내선일체 소설을 쓰구, 조선 청년이 강제모병에 끌려나가 우리의 해방에 방해되는 희생을 하구 한 걸 감격하구 영웅화하는 걸 쓰구 했으니 그게 예술가야? 예술과 예술가의 이름을 똥칠한 놈들이요, 뱃속에가 진실과 선과 미를 찾아 마지않는 양심 대신, 구더기만 움덕거리는 놈들이 아니구 무어야?"

"대관절 이 사람, 패전을 통해 본 일본인의 민족기질을 써줄 심인가, 말 심인가?"

"그랬거들랑 적이 인간적 양심의 반 조각이라두 남은 놈들이라면, 8·15를 당해 조금이라두 뉘우치는, 부끄러하는 무엇이 있어야 할 거 아냐? 제법 보꾹에다 목을 매구 늘어지던 못한다구 할 값이라두, 죽은 듯이 아뭇소리 말구 처박혀 있기나 했어야 할 게 아냐? 그런데 글쎄, 그러기는커녕 8·15 소리가 울리기가 무섭게 정말 나서야 할 사람보담두 저이가 먼점 나서가지구—진소위 선가(船價, 배삯) 없는 놈이 배 먼점 오른다는 격이었다—그래 가지군, 바루 그 전날꺼지, 그 전날꺼지가 무어야, 그날 아침꺼지두 총독부루 군부루 총력연맹으루 좇어댕기구 일본을 상점처럼 어미 아범처럼 떠받치구 미국 영국을 불공대천지 원수루 저주 공격하구, 백성들더러 어째서 황국신민이 아니 되느냐구, 어째서 증병이며 증용을 꺼려하느냐구, 어째서 공출을 잘 아니 내느냐구 꾸짖구 호령하구 하던 그 아굴지 그 붓토막으루다, 온 아무리 낯바닥이 쇠가죽같이 두껍기루소니 몇 시간이 못 돼 그 아굴지 그 붓토막으루다 눌러 그대루, 악독한 우리의 원수 왜놈은 굴복했다, 우리를 피빨아 먹던 강도 왜놈은 물러갔다, 우리의 민족정신을 말살하려 황국신민이니 내선일체니 하던 기만의 통치와 지배는 무너졌다, 강제모병 강제증용 강제증발의 온갖 압박과 착취의 쇠사슬은 끊어졌다, 자 해방이다, 사천 년의 유구한 역사와 찬란한 문화와 독자한 전통으로 빚어진 삼천만 겨레의 민족혼은 제국주의 일본과 삼십육 년 꾸준히 싸워왔다, 그리고 지금이야 삼천리강산에 해방이 왔다, 자 건국이다, 너두나두 다투어 건국에 몸을 바치자, 그러나 친일파와 민족반역자를 처단하라, 그놈들은 왜놈에게 민족을 팔아먹은 놈들이다, 왜놈들이다, 왜놈보다 더 악독하게 우리를 괴롭힌 놈들이다, 오오, 우리의 해방의 은인이 온다, 위대한 정의의 사도 연합군을 맞이하자. 이런 소리가, 아무려면 그래, 제 얼굴이 간지라워서라두, 제 계집 자식이 면괴스러워서라두 차마 지껄여지며, 써지느냐 말야. 오늘은 이(李)가의 내일은 김(金)가의 품으로 굴러댕기는 매춘부는 차라리 동정할 여지나 있지. 고따위루 비루하구 얌체빠지구 뻔뻔스런 것들이 그게 사람야? 개도야지만두 못한 것들이지. 도둑놈의 개두 제 주인은 섬길 줄은 안다구 아니 해?"

"자, 인전 엔간치 막설하는 게 어때? 그만하면 자네란 사람이 얼마나 박절한 사람이란 건 넉넉히 설명이 됐으니."

김군은 조금 아까부터 신문을 오려 스크랩에 붙이고 있었다.

김군의 음성은 자못 준절하였다. 얼굴도 그러하였다.

김군은 졸연히 흥분을 하거나 분노를 겉으로 드러내거나 하는 사람이 아니었다. 그러므로 시방 그만 정도의 준절한 음성과 얼굴은 다른 사람의 웬만큼 성이 난 것이나 일반으로 보아도 무방하였다.

윤은 상관 않고 하던 말을 최후까지 계속한다.

"난 그러니깐, 그런 개도야지만 못한 것들이 숙청이 되기 전엔 건국 사업이구 무엇이구 나서구 싶질 않아. 도저히 그런 더러운 무리들과 동석은 할 생각이 없어."

"사람이 자네처럼 그렇게 하찮은 자랑을 가지구 분수 이상으루 남한테 가혹해선 자네 일신상두 이룹지가 못하구 세상에두 용납을 못하구……."

"무어? 하찮은 자랑이라구? 분수 이상이라구?"

윤은 퍼르등해서 대든다.

김군은 일하던 것을 놓고, 두 팔로 턱을 괴고 탁자 너머로 윤을 마주 보면서 응한다.

"윤군 자네, 나를 대일협력을 했다구 보나? 아니했다구 보나?"

"했지, 그럼 아니해?"

"적절히 했다구 보지? 그런데 자네 일찍이 조선사람 지도자나 지식층에 대한 일본의 공세―총독부의 소위 고등정책이라는 거 말일세. 거기 대해서 반격을 해본 일이 있는가?"

"……."

"손쉽게, 총력연맹이나 시골 경찰서에서 자네더러 시국강연을 해달라는 교섭 받은 적 있었나?"

"없지."

"원고는?"

"없지. 신문사 고만두면서 이내 시골루 내려가 있었으니깐."

"몰라 물은 게 아닐세. 그러니 첫째 왈 자넨, 자네의 지조의 경도(硬度)를 시험받을 적극적 기휠 가져보지 못한 사람, 합격품인지 불합격품인지 아직 그 판이 나서지 않은 미시험품, 알아들어?"

"그래서?"

"남구루 치면, 단 한 번이래두 도끼루 찍힘을 당해 본 적이 없는 남구야. 한 번 찍어 넘어갔을는지, 다섯 번 열 번에 넘어갔을는지, 혹은 백 번 천 번을 찍혀두 영영 넘어가지 않았을는지, 걸 알 수가 없지 않은가?"

"그래서?"

"그러니깐 자네의 지조의 경도란 미지수거든. 자네가 혹시 그동안 꾸준히 투쟁을 계속해 온 좌익운동의 투사들이나 민족주의 진영의 몇몇 지도자들처럼, 백 번 천 번의 찍음에 넘어가지 않구서 오늘날의 온전을 지탕한 그런 지조란다면 그야 자랑두 하자면 하염즉하겠지. 그러지 못한 남을 나무랠 계제두 있자면 있겠지. 그러나 어린아이한테 맡기기두 조심되는 한 개의 계란일는지, 소가 밟아두 깨지지 않을 자라등일는지 하여튼 미시험의 지조로 가지구 함부루 자랑을 삼구 남을 멸시하구 한다는 건, 매양 분수에 벗는 노릇이 아닐까?"

"내가 무슨, 자랑으루 그런대나?"

"의식적이건 무의식적이건…… 그리구 둘째루 자넨 자네의 결백을 횡재한 사람."

"결백을 횡재하다께?"

"자네와 나와 한 신문사의 같은 자리에 있다가 자넨 사직을 하구 나가는데 난 머물러 있지 않았던가?"

"그래서?"

"그것이 난 신문기자의 직업을 버리구 나면 이튿날버틈 목구멍을 보전치 못할 테니깐 그대루 머물러 있으면서 신문을 맨들어냈구, 그 신문을 맨드는 데에 종사한 것이 자네의 이른바 나의 대일협력이 아닌가?"

"그렇지."

"그런데 자넨 월급봉투에다 목구멍을 틀었지 않드래두 자네 어른이 부자니깐 먹구 사는 걱정은 없는 사람이라 선뜻 신문기자의 직업을 버리구 말았기 때문에 자넨 신문을 맨든다는 대일협력을 아니 한 사람, 그렇지 않은가?"

"그래서?"

"그렇다면, 걸 재산적 운명이라구나 할는지, 내가 결백할 수가 없다는 건 가난했기 때문이요, 자네가 결백할 수가 있었다는 건 부잣집 아들이었기 때문이요 그것밖엔 더 있나? 자네와 나와를 비교·대조해서 볼 땐 적어두 그렇찮아? 물론 가난하다구서 절개를 팔아먹었다는 것이 부끄런 노릇이야 부끄런 노릇이지. 또 오늘이라두 민족의 심판을 받는다면, 지은 죄만치 복죄(伏罪)할 각오가 없는 배두 아니구. 그렇지만 자네같이 단지 부자 아버질 둔 덕분에 팔아먹지 아니할 수가 있었다는 절개두 와락 자랑거린 아닐 상부르이."

"그건 진부한 형식논리요, 결국은 억담. 월급쟁이가 반드시 신문사 밥만 먹어야 한다는 법은 있던가? 신문기자말구 달리 얼마든지 월급쟁이질을 할 자리가 있지 않아?"

"가령? 은행원?"

"은행이던지, 보통 영리회사던지."

"은행은 대일협력 아니 하구서 초연했던가?"

"하다못해, 땅은 못 파먹어?"

"……"

김군은 어처구니가 없다고 뻐언히 윤군을 바라보다가

"철이 안직 덜 났단 말인가? 일부러 우김질을 하자는 심인가?"

"말을 좀 삼가는 게 어때?"

"진정이라면 나두 묻거니와 나랄지 혹은 그 밖에 자네와 가차운 친구루 불쾌한 세상을 버리구 시골루 가 땅이라두 파먹을까 하구서 자네더러 얼마간의 토지를 빌리려구 했을 경우에, 선뜻 그것을 받아 줄 마음의 준비가 있었던가?"

"누가 그런 계획은 했으며, 나더러 와 토질 달라구 한 사람은 있어?"

"옳아, 달란 말을 아니했으니깐 주지 아니했다. 그럼 그건 불문에 넘기구, 자네 말대루 시골루 가 땅을 파…… 농민이 되는 거였다?"

"그렇지."

"신문기자가 신문을 맨드는 건 대일협력이구, 농민이 농사해서 벼 공출해서 왜놈과 왜놈의 병정이 배불리 먹구 전쟁을 하게 한 건 대일협력이 아닌가?"

"지도자와 피지도자라는 차이가 있지 않아? 신문은 대일협력을 시키구 농민은 따라가구 한 그 차이가 적은 차일까?"

"농민들이 벼 공출을 한 것이나, 젊은 사람들이 지원병과 학병에 나간 것이나 완전히 조선사람 선배랄지 지도자의 말만을 듣구서 비로소 공출을 하구, 병정에 나가구 한 거라면 지식층의 대일협력자만은 백이면 백, 천이면 천, 죄다 목을 잘라야지. 그렇지만 여보게 윤군, 농민 만 명더러 일일이 물어본다구 하세. 구장과 면직원의 등쌀에, 순사들이 들끓어 나와 뒤져가구, 숨겨둔 걸 내놓으라구 유치장에다 가두구서 때리구 하는 바람에 공출을 했느냐, 모모한 사람들이 연설루, 소설루, 신문에서 공출을 해야 한다구 하는 말을 듣구 그런가 보다 여기구서 자진해 공출을 했느냐, 아주 곧이곧대루 대답을 하라구. 한다면 모르면 모르되, 나는 구장이나 면직원의 등쌀에, 순사와 형벌이 무서워서 억지루 공출을 낸 것이 아니라, 어떤 조선 양반의 강연을 듣구 옳게 여겨서, 어떤 소설을 읽구 감동이 돼서, 아모 때의 신문을 보구 좋게 생각이 들어서, 그래 우러나는 마음으루 공출을 했소 대답할 농민은 만 명에 한 명두 어려우리. 지원병이나 학병두 역시 같은 대답일 것이구…… 도대체가 당년의 조선사람들이, 더욱이 청년들이 대일협력을 하구 댕기는 지도자란 위인들이 하는 소릴 신용을 한 줄 아나? 신용은 고사요, 자네 말따나 개도야지만두 못 알았더라네. 그런 지도자 명색들의 말을 듣구서 공출을 했을 게 어딨으며, 지원병이니 학병이니 나갔을 게 어딨어? 왜놈이나 공관리들의 강제에 못 이겨 했기 아니면, 저이는 저이대루 호신지책(스스로를 보호하는 방법)으루 한 거지.”

"자네 논법대루 하자면, 그럼 친일파나 민족반역잔 한 놈두 없구 말겠네나그려?"

"지금 이 방 안에만 해두 사람이 셋이 모인 가운데 둘이 민족반역잔데, 없어?"

"처단할 놈 말야."

"많지. 그렇지만 벌이라는 건 그 범죄가 끼친 영향을 참작하구, 범죄자의 정상을 참작하구, 그리고 범죄 이후의 심리와 행동을 참작하구, 그래가지구 처단에 경중이 있어야 하는 법이지, 자네 같을래서야 삼천만 가운데 장정의 태반은 죽이자구 할 테니, 그야말루 뿔을 바루 잡으려다가 솔 죽이는 격이 아니겠는가?"

"웬만한 놈은 죄다 쓸어 숙청은 해야지, 관대했다간 건국에 큰 방해야. 삼팔 이북에서 하듯이 해야만 해. 그리구 난 누가 무슨 말을 하거나, 그 비루하구 얌체빠지구 뻔뻔스럽구 한 인간성 그게 싫여. 소름이 끼치두룩 싫구 얄미워. 그런 것들과 조선사람이라는 이름을 같이한다는 것까지두 욕스럽고 불쾌해.

김군은 노상히 김군 자신의, 일제시대에 신문이나 만들었다는 실상 문제 이하의 대일협력 사실을 구구히 발명하자는 의사라느니보다도, 하도 민망하던 나머지 그의 두루춘풍(누구에게나 좋게 대하는 일)식의 처세법을 잠시 훼절을 하고, 나를 위해 윤에게 싸움을 걸었던 것이었다.

그러나 김군의 대일협력자에 대한 변호는 윤의 말이 아니라도 억지에, 형식논리에 기울어진, 그래서 대체가 모두 옹색스럽고 공극(작은 구멍이나 빈틈)투성이였다.

가사, 완전히 변호가 되었다고 하더라도 피고격인 내가 우선

"아니, 검사의 논고가 옳고, 변호인의 주장은 아모 소용도 없어."

이런 심리상태인 데야 더욱 말할 나위도 없었다.

또, 윤의 지조나 결백 문젠데, 이것은 더구나 문제가 아니었다. 윤의 지조가 아무리 미시험의 것이기로니, 결백이 재산의 덕분이기로니, 죄인을 공격할 자격이 없으란 법은 없는 것이었다.

이윽히 기다려도 윤은 더는 말이 없었다.

나는 이 자리에서의 나의 의무를 다한 것으로 알고 김군과 윤을 작별한 후 P사를 나왔다.

나의 얼굴의 한 점의 핏기도 없어지고 만 것을, 나는 거울은 보지 아니하고도 진작부터 알 수가 있었다.

김군이 뒤미처 따라나와 아래층까지 배웅을 하여 주었다.

"일수가 나빴나 보이."

김군이 작별로 잡았던 손을 풀고 웃으면서 하는 말이었다.

나도 웃으면서 한마디 하였다. 그러나 김군에게는 울음같이 보였을는지도 몰랐다.

"죽기만 많이 못한가 보이."

그랬더니 김군은 고개를 가로 여러 번 저으면서

"이왕 깨끗했을 제 분사(憤死, 분에 못 이겨 죽음)를 못 했을 바엔, 때가 묻어가지구 괴사(愧死, 몹시 부끄러워 죽음)라니 더욱 치사스러이."

듣고 보니 적절하였다. 빈틈없이 적절하였다.

그 빈틈없이 적절한 말을 해버리는 김군이 나는 문득 원망스러웠다.

"자네가 오히려 시어미로세."

거리에 나서니 가벼운 현기가 났다.

흐렸던 하늘에서는 어느덧 심란스런 비가 내리고 있었다.

사람과 건물과 거리로 된 세상이, P사를 들르던 한 시간 전과는 어디인지 달라져 보였다.

6

시골로 다시 도피하려 하지만 아내는 반대한다

집으로 돌아와, 병난 사람처럼 오늘까지 꼬박 보름을 누워 있었다.

조반보다도 점심에 가까운, 나 혼자의 밥상을 받고 앉아서 아내더러 밑도 끝도 없이 말을 내었다.

"도루 시골루 내려갑시다."

"……."

아내는 놀라지 않는다.

아무렇지도 않게 출입을 나갔던 사람이 별안간 죽을 상이 되어가지고 돌아와, 처음엔 병인가 하였으나 보아하니 병은 아니어, 그러면서도 여러 날을 앓는 사람처럼 누워 있어, 정녕 밖에서 무슨 사단이 있었거니 하였다. 그러자 불쑥 그런 말을 내어, 일변 해방 후로부터 더럭 동요가 된 심경은 모르지 않는 터이라, 그 사단이라는 것이 어떠한 성질의 것이었음을 짐작할 수 있었을 것이었다.

아내는 한참 만에야 대답이다. 그는 언제고 나보다는 침착하고 현실적인 사람이었다.

"내려가얄 사정이면 내려가는 것이지만서두…… 내려가니, 가서 살 도리가 있어야 말이죠."

"……."

"낯모르구 아무 발련 없는 고장으룬 갈 수가 없구, 가자면 매양 고향 아녜요? 그 벽강궁촌(벽항궁촌. 후미지고 으슥한 곳에 외따로 떨어져 있는 가난한 마을)에서 취직 같은 거래두 할 기관이 있어요? 천생 농사밖엔 없는

데, 작년 일년 지나본 배, 어디……."

작년 일년 가 있으면서 농사라고 하여 본 경험의 결론은, 우리 같은 사람은 도저히 농사를 해먹고 살 수 있는 사람이 아니라는 것이었다. 우리의 체력이 우리의 가족을 먹일 만한 농사를 해내기엔 너무도 빈약한 것이기 때문이었다.

우리 내외가 밭을 기를 쓰고 가꾸어도, 밭농사로 오백 평을 벗지 못한다. 밭농사 오백 평이면 채마와 마늘, 고추, 호박 따위의 울안 농사에 불과한 것이다.

채마 등속의 울안 농사 외에 보리니 콩이니 고구마니 하는 것은 순전히 농군을 사대어야만 한다.

칠팔 명의 한 가족이 소작농으로서 일년 계량의 벼를 확보하자면, 적어도 삼천 평의 논을 소작하여야 한다.

이 삼천 평의 논농사와 보리며 콩 같은 밭농사를 하자면, 줄잡아 연인원 이백 명의 농군을 사대어야 한다.

바로 최근 시세로 나의 고향에서 농군 한 명에 대하여 점심 저녁 두 때와 술 한 차례 먹이고, 무사히 하루 육칠십 원이다.

먹이는 것과 품삯을 치면 이백 명 삯꾼을 대는 데 이만 오천 원이 든다.

그 이만 오천 원이 있어야 나는 시골로 가서 농사를 하고 사는 것이다. 옛날 돈으로 이백오십 원이라고 하지만 나에게는 이만 오천 원이 결코 쉬운 돈이 아니다.

그러나마 금년에 이만 오천 원의 농자를 들여놓으면, 언제까지고 그것이 밑천으로 살아 있느냐 하면, 아니다. 명년 가서는 또다시 그만한 농자를 들여야 하는 것이다.

농사란 결국 제 가족이 먹을 것을 제 손발로 농사할 수 있는 사람-농민만이 하기로만 마련인 것이었다.

따사한 햇빛이 드리운 마루에서 다섯 살배기 세 살배기의 두 어린것이 재깔거리면서 무심히 놀고 있다.

오래도록 어린것들에 가 눈이 멎었던 아내는 한숨을 내쉬면서 말한다.

"정히 서울이 싫구 하시다면, 가 살다 못 살 값이라두 가기가 어려우리까만, 저 어린것들이 가엾잖아요? 젤에 교육을 어떡허겠어요? 내명년이면 우선 하날 소학꼴 보내야 하는데 학교꺼지 십 리 아녜요? 일곱 살배기가 매일 십 리 왕복이 무리두 무리지만, 그렇게라두 해서 소학꼴 마쳐준다구, 중학 이상은 가량이 없잖아요. 무슨 수에 학잘 대서 서울루던 공불 보내게 되진 못할 것이구……."

"……."

"시골서 길러 소학교나 마쳐주구 만다면 천생 농민인데, 농민이 구태라 나쁠 며리(까닭. 필요)야 없지만, 그래두 천품을 보아 예술 방면으루던 과학 방면으루던 재주가 있는 게 있다면, 그 방면으루 발전을 시켜주는 것이 어미 아비 도리가 아녜요?"

"……."

"여보?"

"……."

"우린 다 죽은 심 칩시다."

"……."

"죽은 심 치면, 못 참을 건 있으며 못 견델 건 있어요?"

"……."

"당신, 죄 지셨잖아요? 그 죄, 지신 째 그대루, 저생 가시구퍼요?"

아내가 나를 죄인이라 부르기는 처음이었다. 그는 울면서 그 말을 하였다.

나를 죄인이 아니라 여기려고 아니하는 이 낡아빠진 아내가, 나는 존경스럽고 고마웠다.

"당신야 존재가 미미하니깐 이 댐에 민족의 심판을 받지두 못하실는진 몰라두, 가사 받아서 벌을 당한다구 하더래두, 형벌이 죌 속량해주는 건 아니잖아요?"

"……."

"이를 악물구, 다른 것 다 돌아볼랴 말구서 저것들 남매 잘 길러, 잘 교육시키구, 잘 지도하구 해서, 바른 사람 노릇 하두룩, 남의 앞에 떳떳한 사람 노릇 하두룩 해줍시다. 아버지루서 자식한테 대한 애정으루나, 죄인으루서 민족의 다음 세대에 다 속죌 하는 정성으루나."

"……."

"어미 애비의 허물루, 그 어린 자식한테까지 미쳐가서야 어린것들을 위해 너무두 슬픈 일이 아녜요?"

"……."

"원고 쓰실랴 마세요. 차라리 영리회사 같은 데 취직이래두 하세요. 것두 싫으시거든 얼마 동안 집 안에 들앉어 기세요. 내가 박물 보퉁이래두 이구 나서리다."

"……."

"……."

"그런 것 저런 것을 모르는 배 아니오마는, 하두 인생이 구차스러 못

하겠구려. 구차스럽구, 울분이 도무지 어따 대구 풀 길이 없는 울분이 가슴속에 가 뭉쳐가지구 무시루 치달아오르구."

동맹휴학에서 빠진 조카를 나무란다

마악 이러고 있을 즈음에 조카아이가 푸뜩 당도하였다. ××서 중학 상급 학년에 다니는, 넷째 형의 아들이었다. 조카라지만 정이 자별하여 친자식이나 다름없는 조카였다.

일요일도 아닌데 올라온 연유를 물었더니, 주저하다가 대답이었다.

"아이들이 동맹휴학을 했대요. 전 그래 거기 들기두 싫구 해서 일 해결될 때꺼정 여기서 공부나 할 령으루……."

"동맹휴학은 어째?"

"선생 배척이래요."

"선생이 어쨌길래?"

"선생 하나가 새루 왔는데, 일정시대 서울 어떤 학교에 있을 쩍버틈 유명한 친일패였드래요."

"어떻게?"

"창씨 아니한 학생 낙제시키기. 사알살 뒤밟다 조선말 하는 거 붙잡아다 두들겨 주기. 저이 학교루 와서두 연성 일본말루다 지껄이구, 머, 여간만 건방진 거 아녜요."

"그 선생이 적실히 친일파요, 그런 나쁜 짓을 했다는 건 어떻게 알았어?"

"그 학교 댕기던 아이가 몇이 전학을 해왔어요."

"그 애들 말만 듣구?"

"그 애들 말 듣구서 다시 조살 했대나 봐요."

"그러면…… 너두 인전 나이 이십이요 중학 졸업반이니, 그런 시비곡직은 혼자서 판단할 힘이 있어야 할 거야. 없다면 천치구."

"……."

"그래, 그런 선생을 배척하는 학생 편이 옳으냐? 잘못이냐?"

"학생이 옳아요."

"옳은 줄 알면서 어째 넌 빠지구 아니 들어?"

"……."

"응?"

"낼 모레가 졸업인데, 공불 해야 상급학교 입학시험을 치죠. 조행에두 관계가 되걸요."

"이놈아!"

아이 저는 물론이요, 옆에 앉았던 아내까지도 질겁해 놀라도록 나의 목청은 높았다. 가슴에 뭉친 그 울분의 애꿎은 폭발이었으리라.

"동무들이 동맹휴학이란 비상수단까지 써가면서, 옳은 것을 주장하는데, 넌 그것이 번연히 옳은 줄 알면서두 빠져? 공부 좀 밑진다구? 조행에 관계된다구?"

"……."

"저 한 사람 조그만한 이익이나 구차한 안전을 얻자구, 옳은 일 못하는 거, 그거 사람 아냐. 너 명색이 상급생이지?"

"네."

"반장이지?"

"네."

"아이들이 널 어려워하구, 네가 하는 말을 믿구 잘 듣구 그랬드라면서?"

"네."

"그래, 더구나 그런 놈이, 네가 나서서 주동을 해야 옳지, 뒤루 슬며시 빠져? 넌 그러니깐 반역행월 한 놈야. 그 따위루 못날 테거든 진작 죽어 이놈아."

"……."

"옳은 일을 위해 나서서 싸우는 대신, 편안하구 무사하자구, 옳지 못한 길루 가는 놈은, 공부 아냐 뱃속에 육졸 배포했어두 아무짝에두 못쓰는 법야."

"……."

"학문은 영웅지여사(學問英雄之餘事)란 말이 있어. 사람이 잘나야 하구, 학문은 그 댐이니라. 인격이 제일이요, 지식은 둘째니라 이 뜻야. 공부보다두 위선 사람이 돼야 해. 옳은 일을 하기 위해선 불 가운데라두 뛰어들어갈 용기, 옳지 못한 길에는 칼을 겨누면서 핍박을 하더라두 굽히지 않는 절개, 단체를 위한 일이면 개인을 돌아보지 않는 의협, 그런 것이 인격야. 그러구서야 학문도 필요한 법야. 알았어, 이놈아."

"네."

"당장 가. 가서 같이 해. 퇴학맞아두 좋다, 금년에 상급학교 들지 못해두 상관없어."

"네."

"비단 동맹휴학뿐 아니라, 어델 가 무슨 일에든지 용렬히 굴진 마라.

알았어?"

"네."

기회가 다른 기회요, 단순히 훈계를 하기 위한 훈계였다면 형식과 방법이 매양 이렇지도 않았을 것이었다.

내가 생각을 하여도 중뿔난 것이었고, 빠안히 속을 아는 아내를 보기가 쑥스럽다.

그러나, 그러면서도 한편으로 무엇인지 모를, 속 후련하고 겸하여 안심되는 것 같은 것이 문득 느껴지고 있음을, 나는 스스로 거역할 수가 없었다.

이야기 따라잡기

　소설가인 '나'는 P사의 주간인 김군의 부탁으로 P사를 찾아간다. 거기에는 윤도 와 있다. 윤은 나라의 정권이 일본에게 넘어가자 신문사를 관두고 모든 활동을 접고 시골로 내려간 인물이다. 윤은 '나'에게 경멸과 조롱이 섞인 말투로 인사를 한다.
　광나루에 살던 나는 공습경보를 듣는다. 해제된 뒤 돌아오는 길에 조선인들이 혼란한 틈을 타 반란을 일으킬까 봐 기관총을 들고 거리에 모이는 일본군들을 보게 된다. 일본이 패전하면 기관총을 가진 일본 패잔병과 강도, 폭도들이 거리를 활보하며 기아와 질병, 약탈과 살육으로 도시는 혼란과 무질서로 가득할 것이라는 불안과 공포를 느낀다. 차라리 안전한 고향으로 내려가기를 결심하게 된다.
　문학청년들과 문학을 공부하던 '나'는 독서회를 만들었다는 이유로 경찰서에 잡혀가 특별한 죄목이나 형량도 받지 않은 채 구치소에 계속 수감된다. 점점 이성을 잃어가고 돼지와 같은 상태가 되어갈 때쯤 문인협회에서 온 엽서 한 장 덕분에 풀려난다. 내선일체, 증병이나 학병 등 문인협회에서 진행하는 대일협력 강연회나 글을 쓰면서 생계를 유지하고 징용을 면하지만, 죄책감 때문에 힘들어한다. 이러한 두 가지 이유로 시골로 내려가 농사를 지으며 살게 되지만, 오히려 상황은 점점 열악해진다.

이러한 '나'의 대일협력행위를 아는 윤은 대일협력을 한 지도자들을 비난한다. 신문을 만드는 것 역시 대일협력행위라고 비난하던 윤에게 김은 윤이 대일협력행위를 하지 않은 것은 권유를 받지 않았고, 부유했기 때문이라고 말한다. 생계를 위해 일했던 은행원이며, 농사를 지었던 사람들도 결국은 대일협력행위가 아니냐고 변호한다.

집에 돌아온 '나'는 아내에게 고향으로 돌아갈 것을 말하지만 아내는 지난번 고향에서의 어려웠던 형편을 이야기하며 만류한다. 이때 중학교 상급 학년인 조카가 찾아온다. 친일행위를 한 선생을 몰아내기 위한 동맹휴학에서 진학을 위해 빠져나온 조카를 '나'는 학문보다 인격이 더 중요하다며 야단을 친다.

쉽게 읽고 이해하기

양심 고백

「민족의 죄인」은 1948년에 『백민』에 발표한 자서전적 작품으로 채만식의 친일행위에 대한 속죄의식이 적나라하게 드러나는 작품이다. "나는 하여간에 죄인이거니 하여 면목 없는 마음, 반성하는 마음이 골똘할 뿐이더니"라는 첫 문장에서 알 수 있듯이 친일행위를 한 자신을 민족의 죄인이라 규정하고 일제 강점기에 대일협력행위와 해방 이후의 현실인식을 드러내고 있다.

친일행위를 하게 된 배경은 자신과 가족을 위한 것이었다. 경찰서에 끌려가서 이유 없이 따귀를 맞고, 돼지와 다름없는 생활에서 벗어날 수 있었던 것도, 징병에 끌려가지 않고 살 수 있었던 것도 친일행위 때문이었다. '나'는 문인협회에서 진행하는 대일협력 강연회를 다니며 내선일체, 증병이나 학병을 하라고 외치고, 그러한 내용의 글을 쓰면서 가족들을 부양하고 경찰서나 징병에서 벗어날 수 있었다.

그러나 친일행위를 하면서도 계속되는 죄책감은 어쩔 수가 없었다. 어느 강연회에서 찾아온 젊은이들에게 부국강병하기 위해 일본군이 되라고 말하면서도 속으로는 아파한다. 그래서 혼자 찾아온 젊은이에게 무슨 수를 써서라도 일본군에 되지 않도록 노력하라고 말한다. 결국 죄책감에 시골로 도피하지만, 농사의 경험도 없을 뿐만 아니라 농촌의 경기도 좋지 않아 경제적으로 더 악화된다. 가난했던 김 역시 가족들을 부양하기 위해 계속해서 신문을 만들었고, 어쩔 수 없이 대일협력자가 되어야만 했다. 반면 윤이 대일협력을 하지 않을 수 있었던 이유는 집안이 부유했기 때문이다. 그러나 김이나 '나'는 돈을 벌지 않으면 살아갈 수 없다. 친일행위는 곧 생존을 위해 어쩔 수 없었다는 것이다.

대일협력의 길은 수렁(끊임없이 빠지는 늪) 가운데에 들어서는 것과 같다. 거기에서 도피하고 나왔다 하더라도 대일협력이라는 불결한 진흙이 살에 묻어 있는 것은 언제나 마찬가지였다. P신문사에서 만난 윤은 '나'에게, 그리고 김에게 대일협력에 대한 죗값을 묻는다. 작가로서 예술의 순수한 목적과 책임이 있음에도 불구하고 오히려 앞장서서 민중에게 친일을 권유했다고 비난하는 윤의 말은 곧 작가 자신의 목소리이자, 예술가–지식인으로서의 양심의 목소리인 것이다.

이러한 태도는 친일행위가 생존과 가족 부양을 위해 어쩔 수 없는 선택이었고, 벗어나기 위해 노력했다는 자기변명과 함께 비난받을 행위를 했다는 자기반성을 동시에 나타낸다.

피식민으로서 살아남기

도시에서는 B29가 날아다니며 언제 폭격을 할지 모르고, 뒤에는 일본군이 거리의 한복판에서 기관총을 들이대고 있다. 식민지의 상황이 끝난다 하더라도 기관총을 든 일본의 패잔병들과 그동안 일본인들에게 한이 맺혔던 조선인들이 폭도로 변하고, 겁탈과 약탈, 살육, 기아 등으로 무질서하고 혼란스러운 상황이 계속될 것이라는 불안과 공포로 떨고 있다. 시골에서는 흉년에다가 공출로 인해 식구들이 먹고 살기도 힘들다. 공부를 해 일등을 한다고 해도 꼴찌한 일본인보다 좋은 직장을 얻을 수 없고, 얻었다 하더라도 고위직은 꿈도 꿀 수 없다. 억울하고 분한 상황이지만 누구에게 마음 놓고 털어놓을 수도 없다. 몇이 모여 비슷한 이야기만 해도 경찰서에 잡혀가 이유도 없이 매질을 당하고 돼지와 같은 생활을 해야만 한다. 채만식은 비참하고 궁핍했던 당시의 식민지적 상황을 자신의 경험을 통해 적나라하게 묘사하고 있다.

따라서 식민지 시대에 살아남기 위해서는 일본에 협력할 수밖에 없다. 농사를 지어 일본에 바칠 수밖에 없고, 광산에서 얻은 광물로 무기를 만들도록 광물을 캐야만 했고, 기찻길을 만들어 더 넓은 지역을 식민지로 만들 수 있도록 발판을 마련해 주어야만 했다. 일본의 위대함을 신문을 통해 알려야 했고, 전쟁 자본을 대기 위해 은행을 유지해야만 했다. 지도자들이 강연을 통해, 소설이나 논설문을 통해 일본에 협력하라고 외친 것만이 친일행위가 아니라 그 당시 피식민인으로 살았던 모든 사람들이 친일행위를 한 것이라고 채만식은 이야기한다. 친일행위는 일본의 위협과 횡포 때문이며, 생계를 유지하기 위해 어쩔 수 없는 것이었다고 말한다. 그럼에도 불구하고 친일행위는 지탄받아야 한다. 그래서 동맹휴학에 참여하지 않고 돌아온 조카를 나무란다. 자신의 안전을 도모하기 위해 옳은 일을 모른 척 하는 것은 부끄러운 일이며, 비난받아 마땅한 일인 것이다.

 작가 알아보기

채만식(蔡萬植, 1902. 7. 21~1950. 6. 11)

호는 백릉(白菱), 전라북도 옥구군의 부농에서 출생했다. 1922년 중앙 고등보통학교를 졸업한 뒤 일본 와세다 대학 영문과에 입학했다. 그러나 관동 대지진으로 인해 학업을 마치지 못하고 귀국하여 1924년부터 『동아일보』, 『조선일보』 등의 기자로 근무하다가 1936년부터 전업 작가의 길을 걷기 시작했다.

1924년 『조선문단』 제3호에 단편소설 「세길로」가 추천되면서 문단에 데뷔하여 장편소설 『태평천하』, 『탁류』, 단편소설 「치숙」, 「레디메이드 인생」, 「논 이야기」 등 탁월한 작품들을 발표하여 1930년대 소설계의 주요 작가로 주목받아 왔다. 그는 소설뿐만 아니라 희곡, 수필, 비평, 가요, 시나리오, 방송극본에 이르기까지 무려 400여 편이나 되는 작품들을 썼다.

채만식의 작품은 식민지 시대의 암울하고 절망적인 삶을 예리한 지식인적 감수성과 특유의 풍자 기법으로 형상화하고 있다. 그리고 광복 후의 과도기적 현실에 대한 날카로운 비판정신은 그의 문학적 상상력을 엿볼 수 있게 한다. 비록 그가 문인협회원으로 친일적인 글쓰기를 하였다고는 하나 그의 자서전적 소설인 「민족의 죄인」에서 볼 수 있는 바와 같이 강제에 의한 부득이한 행동이었다. 물론 그것이 훼절에 대한 면죄부로 작용할 수는 없겠지만 그의 작품은 당대 문인들에게 문학을 한다는 것이 어떠한 의미였는지, 그리고 어떻게 변질될 수밖에 없었는지 그 불가피성을 알게 해주는 좋은 예일 것이다.

채만식에 대한 평가는 동반자 작가(희곡『사라지는 그림자』, 단편「화물자동차」, 「부촌」), 세태 소설가(「탁류」), 풍자 작가(「미스터 방」, 「논 이야기」, 「도야지」), 리얼리즘 작가 등 다양하다. 또한 진보적 민족주의자, 허무주의자, 패배주의자, 리얼리스트 등 다양하게 평가되어 왔다. 즉 채만식은 부정적 현실에 대한 다양한 묘사 방식과 풍자를 통해 작품을 형상화하여 식민지 시대, 그리고 광복 이후의 과도기적 상황을 당대 사람들이 어떻게 수용하고, 어떻게 극복해 나가는지를 여러 방면에서 보여주고 있다.

뜻과 행동은 나보다 나은 사람과 견주고,
분수와 복은 나보다 못한 사람과 비교하라.
— 이원익(조선시대의 문인, 1547~1634)